ことのは文庫

妖しいご縁がありまして

常夜の里と兄弟の絆

汐月 詩

MICRO MAGAZINE

目次

Contents

妖しいご縁がありまして

常夜の里と兄弟の絆

始

夏椿の白い花が地面にボトリと落ちる。その音にハッとし、少女は周囲を見回した。

どれくらいここにいたのだろう。辺りはすっかり暗くなり、頭上には太陽の代わりに満月が煌々と輝いている。いつの間にか、夜がやってきていた。

じっと耳を澄ますと虫の音や獣の鳴き声、草の揺れる音に混じってなにか得体のしれないものが動く音がする。だんだんとこちらに迫りくる感覚に陥り、少女は急に恐ろしくなった。

一人になれる場所を……と、考えなしに山に入ったのが間違いだったのだ。きらきらとした日の光が木々の隙間から零れ落ちるさまが、まるで宝石箱の中に入ったようで、その美しさに思わず足を止めたあの時の自分を呪う。

早く移動しなければ。こんな場所で夜を過ごすわけにはいかない。

しかし、一体どこへ行けばいいというのか——。

少女は暗い山の中、呆然と立ちすくむしかなかった。啖呵を切って家を出た手前、今更帰るわけにはいかない。しかしだからといって、行くあてがあるわけでもない。

心配して探しに来てくれればいいのに、と少女は思った。それは、ほんの少しだけ胸に宿った希望でもあった。

そうやって息を潜めてじっとしていると、少女の目の前をふわりと光るなにかが飛んでいくのが見えた。一つではない。二つ、三つ……次々とやってきては、そこらを漂いほんのり灯る。

蛍だ――。

そういえば、この場所は蛍の舞うスポットとして有名だった。地元に興味のない少女も新聞やニュースでたびたび見かけたので、そのことを知ってはいた。しかし、実際に見るとこんなに美しいとは。

少女は初めて見る光景にすっかり魅了され、ふらふらと蛍について歩きだした。まるでどこかに誘（いざな）われるかのように。

蛍の行く先には小さな湖があった。湖面は満月と蛍の光をゆらゆらと映し出す。よく見たい、と覗き込んだその時、

「お嬢さん」

背後から声が聞こえてきた。透き通った、それでいて凛とした声。

少女はドキリとした。こんな夜に、こんな場所で、一体誰――？

恐る恐る振り返り、声の主を見て息をのんだ。そこにいたのは蛍や満月といった美しい光景よりも……――いや、この世のどんな素晴らしい光景よりも更に美しいと思える人だった。

見た目だけの話ではない。存在が、声が、纏う空気すら尊く感じるほどの。こうやって向

き合っているだけで、胸が震え、泣いてしまいそうになるほどの。

満月に照らされているからではない。少女には、その人自身が発光しているかのように輝いて見えた。

もしかして、天使さま——？

少女は、これは夢で、自分は夢を見ているのだと思った。だとしたら目覚めるのはもったいない。このままこの人の夢を見ていたい、とすら思った。

その人が少女に一歩近づく。そして身をかがめ、少女の耳元で一言。

「——あなたの望みは？」

脳内に甘く響く。少女はもうなにも考えられなくなっていた。

「私の望みは……」

望みならもう、とうに決まっていた。自分より大切なものがある、あの人が憎らしかった。もっと自分を見てほしかったのに。

家を出たい。この場所から出たい。だから私をどこか知らないところへ連れて行って——。

少女の言葉に、その人はニィと妖しく微笑む。

「——契約、完了」

その人の微笑みを最後に、少女は意識を手放した。

その契約の行方は、たとえ神様でもわからない——。

壱　不思議な出会い

「はー、終わったー！」

長く降り続いた雨がやっと止んだ午後。入道雲の間から覗くコバルトブルーの空に向かってぐん、と伸びをする。

久しぶりの日差しを浴びて、校内の紫陽花は色鮮やかに咲き誇り、葉先に溜まった雨粒やグラウンドにできた水たまりは光の反射できらきらしていた。活力に満ち満ちて、世界が煌めいて見える。あんなにじめじめと鬱陶しく纏わりついていた空気も、一瞬のうちに涼やかになったから不思議だ。

心地いい解放感。でもそれは、梅雨が明けたからってだけではない。

だって――。

「終わったねェ、期末テスト!! ああもうっ、今ならなんだってできちゃいそうだよォ！」

門を出てすぐ。隣を歩く小町（こまち）が、自身の両手をぎゅっと握り、うっとり宙を見つめる。温かな風にのって夏服のスカートの裾がはためいている様子も相まって、まるで神様にでも祈りをささげる乙女のようだ。

私はというと、今日やったテストを思い出し、にんまり笑った。予想していた問題も無事出たことだし、手ごたえはまぁまぁだ。

「とりあえず赤点は回避できそうでよかったよ」

「ぐふふ……やっちゃんってば意外と危なかったもんねェ？　意外と」

「そういう小町だって」

ぐぬぬ……と二人で見つめ合っていると、

「やっちゃんもこまちゃんもお疲れさま。二人とも頑張ったから、きっといい結果になると思うよ」

水たまりを飛び越えて、小町の横から昴（すばる）がひょいと顔を出した。私たちとは違って、赤点とは無縁な彼も、今日ばかりは達成感でどこかさっぱりしている。

「昴が教えてくれたおかげだよ」

「や、やめてや、やっちゃん～。二人の努力の賜物やって」

そう言って、昴は照れくさそうに鼻の頭をかいた。

昴はああ言ったけど、実際、「昴が教えてくれたおかげ」というのは本当のことだった。国語や英語はともかく、数学なんかは昴が教えてくれなかったらどうなっていたか……考えただけで身震いする。私の家に集まっては勉強する日々のおかげで、今の私があるといっても過言ではない。

そう。私たちはたった今「期末テスト」という名の恐ろしくも大変な呪縛から解き放たれたところなのだ。身に着けていた重苦しい鎧を脱ぎ捨てた今、身も心も羽が生えたように軽い。

私たちはこの上なく爽やかな心持ちで帰路についていた。

学校から家までの道のりはとても単純で、車通りのほとんどない、広い一本道をまっすぐ進めばいいだけだ。高いビルも騒音もなんにもない。あるのは延々と続く田畑の緑に、ポツンと立つバスの停留所。ひとたび風が吹けば青葉が香る。どこか懐かしい匂いだ。羽化したばかりのセミの声。遠く、どこまでも広がる澄んだ空には、名前も知らない白い鳥が羽ばたいている。

いつの間にかじっとりと汗ばんだ首筋にハンカチをあてて、こんな日には駄菓子屋のラムネを飲みたくなるなぁ、なんてぼんやりしていると。

「でも昴ってば、ちょースパルタだったよねェ？　私なんか今朝も学校行くギリギリまで単語帳とにらめっこだったんだよォ？　時間が足りなくて大変だったーっ」

小町が特徴的な鼻にかかった声で、ノロノロと不満げに呟いた。

たしかに昴はスパルタではあった……だけど。

ちらりと小町の横顔を盗み見る。少し垂れた目には、相変わらずマスカラびっしりの長いまつ毛。お手入れされた艶々の唇。綺麗にセットされた茶色の髪を見るに、「時間が足りなくて」の原因は小町にある気がする。

「ごめん、ごめん。でも、こまちゃんが赤点取ったりしたら補習になって一緒に帰れんやろ？　そんなの寂しいから……」

そんな小町の様子に焦った昴がすかさずフォローを入れた。

いつものことながら、昴は優しい。この一年でまた背が伸びたみたいで、話す時に目線を上げないといけなくなった。耳まであるサラサラな黒髪に微笑む姿なんかは、もはや「女の子のように可愛い」どころではなく、どこぞの物語の王子様のようだ。しかしそれを本人が自覚しているはずもなく。

昴の言葉に小町の頬がうっすら赤くなるのを私は見逃さなかった。そのまま二人とも黙りこくってしまったので、なんとなく気まずい空気が流れる。

「あ！　ねぇねぇ、あれ」

ちょうど商店街のアーケード看板が目に入ったので、天の助け！　と、話題になりそうな催し物のポスターを咄嗟に指さした。

突然だったわりにポスターのチョイスはあながち間違ってはいなかった。商店街の入り口、あるお店の窓ガラスに貼られたポスター。画面一杯に、赤々と明かりが灯る大きな灯篭の姿が写し出されている。

「あーっ！　キリコ祭り！」

すかさず小町が反応し、窓ガラスに駆け寄る。

「去年はやっちゃんが行けなかったから、今年はみんなで行けるといいよねェ」

小町はポスターを指さしたまま顔だけこちらに振り向いた。

——能登キリコ祭り。

毎年、能登各地で開催されている大々的なお祭りだ。ここの近くで開催されるキリコ祭りは、高さ約十四メートルにもなる大きなキリコと呼ばれる灯篭をおよそ百人で担ぎ、明かりを灯したまま海の中を進んでいくらしい。

ニュースでその存在を知り行きたいと思っていたが、去年は中学の同級生の集まりと重なって私だけ行くことができなかったのだ。

「うん、今年は行きたいなぁ」

幻想的なキリコの写真を見ながらそう零す。ここ最近は恐ろしいほど平和だ。できれば誰にも邪魔されず、純粋に祭りを楽しみたい。

「……て、ことは——」

なにか考え込んでいた昴がパッと顔を上げた。

「やっちゃんが能登に来てからもう一年以上経つことになるんやね」

「あっ、ホントだァ」

小町も嬉しそうに両手をパンと叩く。

二人に言われてハッとした。たしかに考えてみれば、私がここ、能登に来てから一年と三か月が過ぎたことになる。

「なぁんかあっという間だったよね〜」

しみじみ呟く小町の隣で、私はこの一年三か月のことを思い出し、苦笑するしかなかった。

たしかにあっという間で、それでいて濃い一年三か月のことを。

——きっかけは、些細なできごと。能登に住み、みんなが「円技のおばあちゃん」と呼び親しんでいる祖母、円技君江の死により、私と母は能登に引っ越すことになったのだ。

きらびやかな高校生活を夢見ていた当時の私は、田舎町に行かなければならないことが心底嫌だった。いくら子供の頃能登で暮らしたことがあるといっても、祖母や能登に愛着があったわけではない。いや、愛着なんて持てるはずはないんだ。仲の良かった友達のこと、祖母のこと……能登で暮らしていた頃の記憶を丸っと失くしていたのだから。

記憶を失くす……本当なら、この奇妙な現象を誰にも知られることなく、知らない土地で一人寂しく高校生活を過ごすことになるはずだった。

だけど——。

「やっちゃん」

「もー、なにボーっとしてるのォ？　早く行こっ」

昴が私の肩を叩き、小町が私の手を引っ張る。二人とも、優しく微笑んでいた。

いつも明るくて、場を和ませてくれる境小町。見た目は派手だけど実は誰よりも家庭的で、一緒に入った家庭科部ではプロ顔負けの料理を披露してくれる。その腕前で今はパティシエになる夢を追っていた。

そして、逸れちゃいがちな私たちを優しく正しい方向に導いてくれる、涼森昴。成績優秀な優等生でなんの悩みもなさそうだったけど、人知れず進路のことで悩んでいた時期があった。今では吹っ切れて、以前より明るくなった気がする。

引越ししたその日に再会した二人は、すべてを拒絶していた私に対して、何年も会っていなかったとは思えないくらいとてもフレンドリーに接してくれた。

覚えていないとはいえ二人のペースに巻き込まれ、能登での高校生活は想像したよりも楽しいものになった。

「……ありがと、二人とも」

「え？　なァに？」

「なんでもなーい。行こ！」

きょとんとする二人の手を、今度は私が引っ張る。二人が私によくしてくれたように、私も二人になにか返せていたらいいな。

控えめなアーケードをくぐれば、この町の台所としてお馴染みの商店街へと突入する。

この時間の商店街は活気に満ち溢れていた。こぢんまりした店がぎゅうぎゅうに並んでいるような、小さな商店街だ。多くの人たちが買い物袋を手に歩いている。

客引きする魚屋さんの威勢のいい声。精肉店のコロッケの香ばしい匂い。古き良き本屋さん。新鮮な野菜や果物がずらっと並ぶ青果店。

「お、やっちゃん、学校帰りかい？」

「やっちゃん、寄っていきまっし」

「いいねぇ、賑やかやねぇ」

途中、お店の人に声をかけられながら、人にぶつからないよう進んでいく。何気ないここでの日常が、今では宝物なんだ。

私、円技八重子（やえこ）は、こんな平穏な田舎町で暮らす、ごくごく普通の女子高生だ。――ただ一つ、あることを除いて。

「ばいばーい。やっちゃん、昴！」

昴の実家でもあり、この町のシンボル的存在でもある鈴ノ守（すずのもり）神社に差し掛かったところで、家へと帰る小町に手を振った。本当なら私もここで別れるはずなのだけど、ある理由があって、毎日神社に寄ることが日課になっていた。

ここから見上げると、長い石段の先に真っ赤な鳥居が見える。なんの変哲もない普通の鳥居のはずなのに、ずっと見ていると吸い込まれそうになる。初めてここを訪れた時も、その凛とした佇まいに気が引き締まる思いがしたものだ。

私は背筋をしゃんと正した。

「さてと、今日も頑張ろっか」

「ふふ、そうやね」

私と昴は顔を見合わせ、これから始まる慌ただしさを思って意味ありげに笑い合うのだった。

私たちにとってみれば、今この瞬間からが一日の本番といってもいいだろう。小町の姿が見えなくなって、しばらくして――。

カラン、コロ、カラ。

ほら、さっそく神社の石段を駆け下りてくる二人分の下駄の音が聞こえてくる。それも、大急ぎで。

「きゃあー」

「きゃあー」

叫び声が聞こえてきたと思ったら、即座に激しい衝撃と重みがやってきて目の前が真っ暗になる。何事か、なんて考えなくてもわかる。あ、あの二人が私に飛びついてきたのだ。

「やっちゃん、すーちゃん、おかえりなさいなのー！」

「なのー！」

「いっつもいっつもおそいんだもんっ」

「もんっ」

「早くあおと遊んでほしいのー」

「みどりともー」

「た、ただいま。あおちゃん、みどりちゃん……」

耳元で吠えられて頭がクラクラする。いつも嵐のようにやってくるんだから。

なんとか体を引き剥がし石段の上に立たせると、薄桃色に花模様の着物が目に入った。小学生低学年くらいの小さな身長に、眉上で切り揃えられた前髪、腰までまっすぐ伸びた亜麻色の美しい髪。まるで双子のような二人の唯一違うところは瞳の色だった。青色の子が「あお」で緑色の子が「みどり」と、そう私が名付けたのだ。

その二人が私の腕を掴んでぴょんぴょん飛び跳ねている。ビー玉のような瞳はキラキラと輝き、今にも「遊んで」と言わんばかりにお尻の部分から出た尻尾がパタパタとせわしなく動いていて……——。

「……って、尻尾、尻尾！」

ぎょっとした私は慌てて二人の尻尾を手で隠した。隠すと言っても限界があるのだけれど、とにかく、この様子を道行く一般人に見られるわけにはいかない。

「しっぽー？」

「ぽっぽー？」

だけど当の本人たちはまるでわかっていない様子でパチパチ瞬きを繰り返している。それどころか、頭の上にぴょこんと耳まで生えてきた。本当にこの子たちは……。

「あおちゃん、みどりちゃん。ここは境内の中じゃないから普通の人にも見られるやろ？元気なのはいいことやけど、境内の中に入ってからはしゃごうね」

見かねた昴が視線を合わせるように腰をかがめた。くしゃ、と頭をなでるとたちまち大人しくなる二人。さすが昴……子どもの扱いにも慣れている。

「……はぁい」

「……はぁい」

尻尾とお耳がシュルシュルと小さくなって見えなくなったので、ひとまずホッと息を吐く。犬のような耳にふさふさの尻尾。……見てわかる通り、この子たちは人間ではない。人間のような見た目は仮の姿、本当は「狛犬」という妖である。

――そうなのだ。私の唯一にして最大の秘密。普通の女子高生とはいえないところ……それは、こうやって「妖と呼ばれる存在と交流している」ところだったりする。

一体、なにがどうして私と妖たち（彼ら）との生活が交わったのか。それは、私の「失くした記憶」と深い関係があった。

ここに引っ越したその日に「面白いものを失くしているな」と話しかけてきた妖がいた。その妖――白狐の二紫名（にしな）によると、実は私の記憶は、能登に預けられた時に、鈴ノ守神社の神様である縁（ゆかり）さまに盗られたというのである。

記憶を取り戻すため、謎解きのようなことをしながらあちこち奔走したのが、今では懐かしい。もちろん一筋縄ではいかなかった。それに、危険なことも。

けれども、二紫名によって引き合わされた妖たちとの出会いや思い出した記憶は、そんな大変さもぶっ飛ぶくらい大切なものになったのだ。

「やっちゃーん、ぽわっとしてるの。ねっちゅうしょー？」

「ねっ……ちゅしょー？」

あおとみどりが私の制服の裾を同時につん、と引っ張り、不思議そうに私を見上げていた。覚えたての言葉を一生懸命言う様子がなんとも愛らしく、思わずぎゅっと抱きしめてしまう。

いつの間にか、本当の妹のように思っている。この子たちだけではない。ここで暮らす妖たちは、みんな私の家族のようで、私の生活はいっぺんに賑やかになった。

……――って、そういえば。

「ところであおちゃんみどりちゃん、今まで二人で遊んでたの？」

妙な静けさが気になって、きょろきょろとあたりを見回す。いつもだったらここでもう一波乱あってもおかしくないのに……。

――カァ！

と思ったのも束の間、頭上に何羽ものカラスが現れた。その内の一羽が私たちを監視するようにぐるぐる旋回しだしたと思うと、また「カァ」と一声鳴き木の枝にとまる。それはまるで誰かへの合図だ。

誰かへの合図……と、いうことは。

「おいっ！　犬ころたち、見つけたぞっ！」

――バサバサバサッ

叫び声と同時に頭上のカラスたちが音を立てて一斉に飛び去った。後にはいくつもの羽根がひらひら漂っている。視線を上げると石段の上、私たちを見下ろすように一人の男が立っていた。

墨色の髪に、気だるく開かれた灰色の瞳。真っ黒い着物姿はカラスの群れの親玉のように見えなくもない。彼は私と昴には見向きもせず、ただあおとみどりを真っすぐ見つめていた。

狙いは二人だ。

「きゃあ！　クロちゃん！　にげるのー！」

「にげるのー！」

今にも走り出しそうな二人に向かって、彼は鋭く「待て」と叫んだ。あおとみどりが「きゅ」と喉を鳴らす。そこに漂うのはただならぬ緊張感。時が止まる。

だけど私と昴は、この緊張感がそう長くは続かないことを知っていた。……だって——。

「ふっふっふ……残念だったなお前ら！　このオレから逃げられると思うなよ？　もうゲームはおしまいだぜ」

たじろぐあおとみどりに向かって、不敵な笑みを浮かべる男。

「お、おしまいじゃないもんっ。あおたち、まだまだ逃げるんだからっ」

「だからっ」

「お前ら、わかってねぇな！　見つかったらそこで終了なんだよ。いつものゲームとはワケがちがう。だってこれは……——かくれんぼだからなっ！」

バーン！　と効果音が聞こえてきそうなくらい大げさにあおとみどりを指さす。

「ぴゃっ！」

「ぴゃっ！」

ああ、やっぱり。

毎度おなじみの光景に、私は呆れるほかない。クスッと笑うのは、このやりとりにまだ慣れていない昴だけ。

——緊張感が続かない理由。それは、相手がクロウだからだ。

この男、烏天狗のクロウは、その場の空気を全く読まないし、（よく言えば）和ませる。元々野良の妖だったからなのか、ズレているというか抜けているというか……とにかく突っ込みどころが多すぎていちいち突っ込んでいたらきりがないのだ。

「かくれんぼって、見つかったらおしまいなのー？」

「おしまいなのー？」

「そーだぜ、お前ら知らなかったのかよ！　やっぱこのオレが鈴ノ守神社のリーダーだな！　八重子もそう思うだろ？」

こっちを見てニカッと歯を見せるクロウ。その様子が眩しく映ったのか、あおとみどりは尊敬の眼差しをクロウに向ける。

「りーだー！」

「りーだー！」

……違う。クロウだけじゃなくて、あおとみどりもズレているのだった。思わず脱力する私に、このノリを楽しんでいるのか依然としてにこにこしている昴。こういう時、私一人じゃ突っ込みが追い付かないのだけど。

「あのねークロウ……」

はぁ、とため息をつきつつ、この場を収めようと口を開いたその時。

「まぁ、クロウさま！　またこんなところにいらしたんですね！」

トントンッと軽やかに石段を下りる足音。黒い髪をシニヨンに結い、巫女さんの衣装に身を包んだ可憐な女の人がやってきた。小さめな身長に、白い肌。触れたら壊れてしまいそうな儚げな印象は、まさに「守ってあげたい」といった言葉がピッタリだ。ただし、見た目と違ってその気性はなかなかにしたたかなのだけど。

「ま、真白（ましろ）……！」

今の今まで胸を張っていたクロウは、その女性——猫又である真白さんが現れた途端、わかりやすいくらいにその身を縮ませた。そんなクロウの腕を真白さんはぐいっと引っ張り上げる。一体その細腕のどこからそんな力が生まれているというのか。クロウがいとも簡単に引きずられそうになる。

「いてててて！　ま、真白、わ、わかってるって」

「なにが『わかってる』ですか。まったく……惟親（これちか）さまからお仕事を承っているのをお忘れですか？　あおちゃん、みどりちゃんと一緒に遊んでいる場合ではないのですよ？」

そして、クロウ越しに私たちの姿を見つけて「あら」と優しく微笑んだ。

「八重子さん！　いらしていたのですね」

「真白さん～！　来てくれて助かりました！」

あおとみどりとクロウ。この三人の騒ぎは放っておけば延々と続く。

真白さんがクロウを管理（？）してくれているおかげで、なんとかなっているようなものだ。真白さんが鈴ノ守神社に来てくれてからというもの、神社は掃除が行き届いて常に清潔だし、可愛い巫女さんがいると評判だし、更に言えばこうやって突っ込み要員になってくれるので私としても助かっている。

「ふふ、それは私にお任せください。だって——」

と突然、真白さんが私にずいっと近づいてきた。頬に息がかかるほどの距離になり、一言。

「——八重子さんが困っている時は、なにがあってもお助けしますわ」

「あ、あの、あの……」

「ふふふ」

あまりに艶めかしく笑うものだから、同性だとわかっていても思わず赤面してしまう。いい人なのだけれど、真白さんもどこか変わっている。

「それに」

さっきとは打って変わってふと真面目な表情になったかと思うと、真白さんは遠くを見て呟いた。

「……それに、まだ黒幕のことも解決していませんものね。いつまでも気を抜いていられません」

——黒幕。その名を聞いて胸がドキリと震えた。

あれは去年の冬のこと。縁さまの力を奪おうと、何者かが真白さんを使ってこの町の人々の記憶を隠すという事件が起きた。記憶の隠しどころである「仮宿主」となった昴の記憶の中に入り、隠された記憶たちを解放したことでみんなの記憶は元に戻ったのだけれど、結局、策略した「黒幕」の行方はわからず仕舞いだった。

あれ以降特にこれといった問題も起きていないのですっかり忘れていたが、なにもあの冬ですべてが解決したわけではない。またいつ黒幕が仕掛けてくるか……きちんと気を引き締めておかなければ。

「そう……ですよね。また誰かの記憶が失くなったら悲しいですもん。小さな変化でも見逃さないようにしないと」

「ええ。私も対処できるよう注意します」

あの時のことは、思い返しただけでも胸がきゅっと苦しくなる。もう町の人々が各々の大事な記憶を失くしてしまうところは見たくない。それに、そんな経験もさせたくないんだ。

「ま、まぁまぁ。あんまり根詰めすぎてもあれやし……。ほら、いざとなったら縁くんが気づいて対処してくれるって」

暗くなった私と真白さんを気遣ってか、昴が「ね?」と明るく背中を叩く。

「昴……」

「俺だって、また以前みたいな力が得られるように修行を頑張るからさ。みんなの力を合わせれば、きっとなんとかなるやろ」

昴もあの事件に関わった一人として思うところがあるのだろう。もちろん、「仮宿主」となったという点でもそうだけど、昴にとってみれば幼少期の縁さまとの大切な記憶を思い出すきっかけとなった事件でもあった。

かつて友達のような関係性だった縁さまと昴。今ではその姿も視えず会話もできない。そんな「縁さまが視えなくなった理由」という辛い記憶を思い出した昴は、もう一度縁さまの姿を視るため修行を積んでいるのだ。一回りも二回りも逞しくなったように見えるのは、そのせいかもしれない。

みんなが付いている。それだけでなんて心強いんだろう。

「うん、そうだよね。それに……」

二紫名だっているし——。

そういえば、さっきから二紫名の姿が見えない。いつもなら真っ先に私の前に現れて、なんやかんやとおちょくってくるというのに。

例の、私に「面白いものを失くしているな」と言い放った男。私を振り回して、からかって、本当に腹が立つ狐。だけど力は確かなもので、危険が迫るといつも助けてくれる。そういう部分では信頼しているし、頼りにしている。

「……二紫名さんなら狐の里から呼び出されて、出向いているそうですよ。日が暮れる頃に帰ると仰っていたので、きっともうすぐ帰ってくるはずですが」

真白さんが私の顔を見てクスっと笑った。なんで二紫名のことを考えてるってわかったんだろう。

「えっ……べ、別にそんなつもりじゃ」

「あら、そうですか？　私はてっきり二紫名さんの姿を探しているものかと」

全てを見透かすような真白さんの瞳にドギマギする。

本当に、二紫名なんていてもいなくても構わないのに。いないからってこれっぽっちも気になったりしない……のに。

「……あの、わ、私、散歩に行ってこようかな？」

石段から一歩離れて立ち止まると、うしろから楽しそうな笑い声が聞こえてきた。

「椿の森公園で待っていればきっと会えると思いますよ」

私は真白さんの言葉に返事はせずに、足早に駆け出した。慌てて駆けたので水たまりを踏んでしまい、跳ねた水滴で足が冷たい。

二紫名に会いたい……わけではない、断じて。いないと調子が狂うだけだ。


一年の時に親睦合宿が行われた山の麓に位置する公園、それが椿の森公園だった。

公園と言っても子供の遊べる遊具があるわけではない。木々に囲まれた大きな広場があるだけのだだっ広い公園だ。たまに遠方から来た家族連れが隣接するキャンプ場でＢＢＱをしているらしいけど、今日みたいな平日……しかも暑い日には、人の姿を見かけることは滅多にない。そんな場所と「狐の里」とやらが繋がっているなんて初耳だった。

バスに揺られて二十分。ようやくたどり着いた時には、うっすらと空が菫（すみれ）色に色づいていた。さっきより和らいだ日差しの下、私一人分の影が現れる。

案の定、公園はガランとしてどことなく寂しげだ。目の前に青々とした芝が広がる中、点在する木製のベンチの一つに腰かけた。

ゆっくり流れる雲を追いながら、ふと、ちゃんと二紫名に会えるのかと不安になる。だいたい、「日が暮れる頃に帰る」って言っていたけど、それって一体いつなんだろう。

連絡手段があるわけではない。私と二紫名が会う時は、私が神社に行くか、突然二紫名が現れるかのどちらかしかないのだから。

「まさかすれ違ってたりして……」

嫌な予感が脳裏を掠めたけど、ありえない話ではない。「阿呆」と、低い声であのお決まりのセリフが聞こえてくるようだった。いつもは反論するけど、今回ばかりは私の見切り発車。反論の余地はない。

ポトリ……──。

近くで何かが落ちる音がしてハッとした。音のする方に目をやると、ベンチのうしろに一輪の白い花がある。今、落ちたのだろうか。混じりけのない純粋な白い花弁に、中央の雄しべの黄色が際立って美しい。見た目は椿のようだけど、椿はたしか冬の花のはず。これは一体なんという花なのか。

元を辿ろうと視線を上げたその時。生い茂る木々の奥、ぼんやりと影が見えた。獣かと思って一瞬身をのけ反らせたが、すぐに違うことに気づく。

──人だ。

薄紫の着物にえんじ色の羽織を羽織った、豊かな銀の髪をなびかせた人が、こちらに背を向けて立っていたのだ。背が高いけれどお年寄りだろうか。その人はなんだか足元がおぼつかない様子で、あちこちの葉や花に触れてはふらふらとよろけている。

本来なら人が入ることを想定していない場所だ。もしかして、出られなくなってしまったんじゃ……？

「あの、すみません……！」

呼びかけるも聞こえていないのか、返事はない。しばらくじっと見ていたが、どうにも危なっかしく、いてもたってもいられなくなった。声が聞こえていない以上、離れていては助けられない。ここまで連れてきてあげなければ。

意を決して木々の中にゆっくり入っていくと、やっぱり足元は木の根が張り巡らされていて動きにくい。それに、ちょっとでもバランスを崩すと体を挟む形で生えている低木や草にぶつかって、その枝葉でケガをしてしまいそうになる。

「あの――……えっ!!」

その人のそばまで行き声をかけたのと、その人がひと際大きくふらついたのは同時だった。このままじゃ倒れてしまう……！

手を差し出したんじゃ間に合わないと、咄嗟に体ごとその人の前に出た。大きな手が私の両肩を掴む。私が倒れなかったのは不幸中の幸いだろうか、なんとか倒れてきた人を受け止めることに成功してホッと息を吐いた。

「あの……大じょ……――」

大丈夫ですか、とそう言おうとしたのに、視線を上げたところで息が止まって言葉が出ない。お年寄りだなんて、なんで私はそう思ってしまったんだろう。とてもきれいな男の人、じゃないか。

私の頬にはらりとかかる銀の髪は、近くで見るとその輝きを増し、透き通るほど白い肌は陶器のように美しい。造り物のような端整な顔。美しい人は何人も見てきたつもりだったけど、これまでの人とは種類の違う美しさだ。それになんといっても、そのスッと切れ長の緋色の瞳。静かで落ち着いた色なのに、奥底に燃え滾(たぎ)るような情熱を秘めているような、そんな色。どうしよう。目が、離せない――。

「ありがとうございます」

深い、優しい声が降ってきて、心臓がドキンと跳ねる。そうか、生きているんだ。当たり前のことを当たり前に思えなくなるくらいには、私の頭はショートしていた。

「あ、えっと、あの……――」

なんだっけ。なんでこうなったんだっけ。記憶の糸を必死に手繰り寄せ、そういえばこの人がフラフラと危険な足取りだったから助けに入ったのだということを思い出す。

「だ、大丈夫ですか？」

やっと出た言葉は、声が裏返ってしまった。恥ずかしさに目を伏せるが、彼は気にしていないのか私の肩からゆっくり手を離し、優しく微笑む。

「ええ。いつの間にかわからない場所に来てしまい、困っていたところでした。あなたが来てくれなかったらどうなっていたか。本当にありがとうございます」

速くもなく遅くもなく、穏やかなアンダンテのテンポが耳に心地いい。だけど――。

さっきから気になっていた、ほんの少しの違和感。目が合わないのだ。彼はずっと、私の頭の上あたりを見て話している。もしかして、目が……？　そう考えると、なぜ彼がここから動けずにいたのか、そしてよろけていたのか、すべてつじつまが合う。

「あの、とにかくここから出た方がいいですよ。もう少し歩けば開けた場所に出るので。……こっちです」

彼の腕を私の腕に絡ませる。引っ張って歩くより、彼も持つところがあった方が安心だと思ったのだ。そうやって来た道を、足がもつれないように今度はより慎重に戻っていく。

木々を抜け、元いたベンチに戻ったと思ったら、もうあたりはとっぷりと暗くなっていた。広場の周囲に均等に配置してある電灯が小さな明かりを灯し、気の早い虫たちがその周りを飛び回っている。

「――夜の匂いがします」

風の音にかき消されそうなほど小さな声だった。独り言のつもりだったかもしれないのに、私は思わず「え」と反応してしまった。

「ああ、すみません。目が見えないと匂いや音に敏感になるのです。今はもう夜……違いますか？」

「そう……ですね。えっと……」

やっぱり。と思ったと同時に、彼はどうやって移動してきたのか不思議だった。見たところ手にはなにも持っていない。その身一つでここまで移動したとは、とても思えない。

そんな私の空気すら感じ取ったのか、彼はすぐに

「どこかに杖を落としてしまったのですが……」と困ったように眉を寄せた。

広場をぐるり見渡してみると、彼の言う通り、ベンチから数メートル離れた場所に杖のようなものが落ちているのが見える。さっきまではなかったような気がするんだけど、見落としていただけだろうか。すぐに拾って彼の元へと届けた。

「ありました……！」

「なにからなにまですみません。これで帰れます」

「いえ、よかったです。気を付けて帰ってくださいね」

お辞儀を一つして彼の横を通り過ぎようとした、その時。

「そういえば……――」

腕がこちらに伸びてきたかと思ったら、不意に手を掴まれた。そのまま彼の手が私の両手をぎゅっと包み込む。いつかの寒い日に、祖母が冷たくなった私の手を温めた時のような、そんな仕草だ。

「あ……あの……」

そのまましばらく動かない彼に戸惑い、すり抜けようと試みるが、そう簡単には離してく

れないみたいだ。愛情深い仕草のわりに彼の手はやけに力強い。

「あなたの名前を聞いていませんでした。教えてもらえませんか？」

なんでだろう。見えていないはずなのに、その緋色の瞳が今度は私を真っすぐ貫く。まるで炎の矢だ。つま先から頭のてっぺんまでたちまちカッと熱くなる。心の目で内面を覗かれたみたいでむず痒い。

「や……八重子……です」

それは私の意志だったのか、それとも。口から零れ出た言葉たちに、彼は満足そうに頷いた。

「八重子、いい名前ですね。やえ……というと、八重桜が思い出されます。僕にとっても思い出深い花でして。……好きですよ、とても」

「えっ！」

好き、なんて。違う違う、彼は「八重桜」のことを言っているんだ。私のことじゃないのはわかりきっているのに、こちらを見つめてあまりにふわりと微笑むものだから、勝手に頬が赤くなる。

「……また会いましょう、八重子」

身を寄せた彼の吐息が耳にかかる。体がしびれて動けなくて、ただただぼんやりと宙を見つめることしかできない。彼の声が、ほんの少し耳に触れた唇の冷たさが、いつまでも残っていた。

彼が手を離したのと強い風が吹いてきたのは、同時だった。竜巻が起こったのかと錯覚するほどの風に目を開けていられなくて、手で顔を覆いやり過ごす。ようやく風がやんだと思ったら――。

「――阿呆。なにをぼんやりしているのだ」

「ぎゃっ!!」

突然背後から聞こえてきた低い声に、ビクンと体が震えた。この声にこのセリフは……！

振り返った場所にいたのは、見慣れた薄紫の着物姿に一つにくくった真白の髪。群青色した目を細めてニヤリと笑う男――二紫名だ。

「に……二紫名っ！　ちょ、ちょっと遅いんじゃない？」

「日が暮れる頃、と真白には伝えたはずだが」

「そ、そうだけどさ。日が暮れる頃なんて聞いたら、もっとこう……日が暮れる寸前なのかなぁって思うじゃん」

たしかに私は二紫名を待っていた。だけど、このタイミングはないんじゃない？

別にやましいことをしていたわけではないのに、さっきのできごと――見知らぬ男の人に見とれ、かつ、その人に触れられていたこと……を見られているのではと気が気じゃない。心臓がロックンロールよろしく激しいリズムを奏でる。

「それで八重子はなにをしていたのだ？　暗い中ぼんやりと突っ立って。不審極まりないと思うのだが」

「ぼんやりとなんかしてないよ、私はただ……」

「ああ、そうか。立ったまま寝ていたのだな。八重子は器用だな」

「ね、寝……!?」

ああもう、本当に二紫名ってやつは。いつも通りの軽口に辟易しつつ、心のどこかでホッとしている私がいる。二紫名のこの様子だと、きっとさっきのできごとは見られていないのだろう。

「……あのねぇ、私だってただぼんやり二紫名を待っていたわけじゃないよ？　いろいろしてたんだから」

「いろいろとは？」

「いろいろ……ひ、人助けとかねっ！　ほら、そこにいるでしょう？」

いまいち信用してない二紫名に向かって、さっきの人を紹介しようと振り返った。まだそこまで時間は経っていないので、そう遠くに行っていないと踏んだのだ。だけど。

「……あれ？」

いない。広場には誰一人として人がいないのだ。目が不自由な人が移動するにはあまりにも早すぎるのではないか。

「八重子？」

「え……えーと……や、やっぱりぼうっとしてたみたい。あはは……」

行き先をなくした人差し指は、くるくると虚しく宙を漂う。また二紫名に「阿呆」と言われるんだろうなと心の準備をしていたら。

「――俺を待っていたのだな」

二紫名がいきなり私の手を取り、囁いた。まっすぐ心に響く声色に息を呑む。

「え…………」

「俺を待っていたのだろう?」

いいいい、優しい声。なにがそんなに嬉しいのか、二紫名はいつもの妖しい笑みではなく優しい眼差しで微笑んでいる。繋がれた右手は、彼の体温のせいでヒヤリと冷たい。

その表情に、その体温に、さっきとは違うドキドキが私を襲う。早く静まれ、私の心臓。勘の鋭い二紫名に気づかれる前に、どうか。

「そ、そう……だけど……。あ、あれだよ?　暇だったから迎えに行ってあげようかなって……それだけ」

ぷい、と顔を背け、小さく零す。その拍子に手も離されてしまった。

自分から目を逸らしたのに、やっぱり二紫名の様子が気になり、横目でこっそり盗み見る。ほんの少し照れてたりなんかして……なんて、淡い期待と共に。けれど。

「こんな場所でうろついていると、また妖に目を付けられるぞ。ただでさえ八重子は隙が多いのだ」

「うっ……わ、わかってるよ」

さっきのは見間違いだったのではないかというくらい、いつもの二紫名の姿に戻っていてなんだか拍子抜けだ。もう少し、優しい二紫名のままでいてくれてもいいのに。

「会わなかっただろうな?」

「え……妖に?」

そう言われてさっきの男の人の姿が脳裏をよぎる。たしかに妖のような美しさと雰囲気を兼ね備えた人だったけど……。

でもクロウや真白さんと出会った時のように、危害を加えられそうになったわけではない。それに、この出会いは偶然だ。私が彼を助けなかったら関わることなんてなかったのだから。

「……会わなかった、よ」

ほんの少しのわだかまりを抱えつつ、そう返事をする。信じたのか信じなかったのか、二紫名はそれ以上なにも言わなかった。

＊　＊　＊

「あのさぁ、八重子?　いつもいつもいーっつも言っているはずなんだけどね?　なんで僕のところに真っすぐ来ないのかなぁ。だいたい、二紫名の迎えに行くにしたって、まずは僕に挨拶すべきだと思うんだよね。だって僕、神様だよ?　そこんとこちゃんとわかってるのかなぁ。それともわざと?　わざとなの?　僕のぼやきが聞きたいなんて八重子は相当な変わり者だね」

拝殿の賽銭箱の上にごろんと横たわる美少年が、私を物憂げに見つめている。ため息混じりの長台詞はもはやお決まりとなっていた。

うっとりするほどサラサラな黒髪にまるで新雪のように柔らかな白い肌。アイドルもビックリな可愛い容姿とは裏腹に、その言動は手厳しい。ほんの十二、三歳にしか見えないこの少年こそが私の記憶を盗った張本人、ここ鈴ノ守神社の神様である縁さまだ。

二紫名と合流したあと、「せっかくだから縁さまにも挨拶していこうかな」なんて考えたのが間違いだった。軽く挨拶して帰るつもりだったのに……これは長くなりそうだ。

「昴が先に来てたから話し相手には困らなかったんじゃないですか？」

「まぁそうだけどさ。それはそれ、これはこれっていうか。八重子にだって会いたいんだよ、僕は」

「うっ…………」

濡れた瞳のまま上目遣いで見つめられる。その愛らしい顔でそんなこと言われると、弱いじゃないか。最近縁さまは「飴と鞭」を習得したらしく、私はますます彼の掌の上でコロコロ転がされる羽目になった。

……それにしても。

「縁さま、もしかしてまた体調が悪いんですか？」

さっきから見ていて、気になっていた。いつもより縁さまの表情がすぐれない気がするし、なんだか所作も重々しいような。

町の人の記憶がなくなり縁さまへの「信仰心」が揺らいだあの冬、縁さまの体調は芳しくなかった。それもそのはず、神社に祀られた神様は、その土地に暮らす人々と密接に関わりあっていて、人々の信仰心が厚ければ厚いほど力を得ることができるというのだから。人々の記憶が戻り信仰心も戻ったことで、縁さまの体調不良は治ったはずだったのに……。

私の心配する視線に気づいたのか、縁さまはふふっと笑った。

「これはね、夏バテ」

「…………はっ？」

夏バテ？　夏バテって言った？　神様らしからぬ現実的なワードに一瞬目が点になる。私の反応がおかしかったらしく、縁さまはゲラゲラ声を上げて笑い出した。

「あはっ、そうか、去年八重子はこの時期いなかったからね。八月にこの神社でもお祭りがあるでしょ？　そこに力を使わなきゃいけないから普段の力をセーブしてるんだよね。だからちょっと疲れ気味だけど、別に平気だよ。そういうの、人間たちは夏バテって言うんでしょ？」

「あ……そういう……。いやでも、夏バテとは言わないと思いますよ……？」

なんだか腑に落ちないけど、とりあえず縁さまになにかがあったわけではなくて安心した。なにかがあってからでは遅いのだけど。

「でも、力をセーブしてるっていうことは、また縁さまの力を奪おうと妖がやってきても気配がわからないんじゃないですか……？」

「ああ、たしかにね。見ててよ」

　そう言うと縁さまはおもむろに右手を掲げた。その動作に合わせるように空中にぽわんと地図が浮かび上がるが――。

「ああっ」

　地図はたちまちしゅるしゅると小さくなっていき、瞬く間に消えてなくなってしまった。この地図で力のある者が近づいてきたかどうか察知していたというのに。

「……というように、地図が出せないんだよね」

「それって一大事じゃないですか！　のほほんとしている場合じゃ――」

「まぁまぁ、八重子」

　焦る私を遮って、縁さまが穏やかに話し始める。

「八重子のその『素直で真っすぐで無鉄砲』なところ、僕は嫌いじゃないよ。でも暴走気味になるのが玉に瑕（きず）、かな」

「で、でも……」

「大丈夫だって。さすがに神社の近くまで来たら気配に気づくからさ。それに今の時期は祭りの効果で町全体が守られているんだ。こんな中わざわざ僕を襲おうなんて考えないだろうよ」

　縁さまは私の心配なんてなんのその、ぐん、と伸びをして退屈そうに欠伸を一つ零した。楽観的なのはいつものことだけど、本当に大丈夫なんだろうか。真白さんも言っていた通り、黒幕という存在がいつ現れるかわからない今、気を抜いている暇なんてないだろうに。

「――それはそうと」

と、急に、ずっとにこやかだった縁さまの表情が引き締まった。私ではなく二紫名の方へ姿勢を正す。

「二紫名。狐の里はどうだったの？」

ここからが本題だと、縁さまの声が緊張をはらむ。一瞬で空気がピリついて、それまで岩のようにじっと動かなかった二紫名がパッと顔を上げた。

「代わり映えのない、いつもの内容です」

「ということは……長決め（おさぎ）めについてだね？」

縁さまの言葉に二紫名はこくりと頷く。

長決め……聞き慣れない言葉けど、おそらく妖界でのことだ。今まで二紫名の口から頑なに語られなかったことを、私が聞いていていいのだろうか。幸い二人からは「帰れ」と言われない。ここぞとばかりに耳を澄ます。

「なるほど、ね。連中もしつこいなぁ。そうまでして二紫名を長にしたいのかな」

「ここ最近は内部での反乱も頻発しているようで、早く里をまとめる者が必要なのだと思います」

「今の長はなんて？」

「もうほとんど力は残っておりません。彼がなにか言ったところで里の者には響かないでしょう。その命すら、いつまでもつか……」

「ふむ……時間がない、か」

「そのことに加え、今回は『嫁をとれ』と執拗に言われました。あらかた、嫁をとることで里に縛り付けようという魂胆なのでしょう」

「よっ……!?」

黙っていようと、そう決めたのに。予期せぬ言葉に声が漏れ出てしまった。

怪訝そうにこちらを見る二人に向かってコホンと小さく咳をして誤魔化す。だって「嫁」だなんて、そんな……――。

思い出すのは、あのうだるような暑さの日。私と二紫名は小さい頃、ここ能登の地で出会っていたのだ。

まだ半人前の二紫名が迷い彷徨っていたところ、声をかけたのが始まりだった。暑さで弱り耳が出ていた彼に、小さな私は麦わら帽子と水筒のお茶を分け与えたんだった。一度は失くした記憶だけど、あの日見た景色も、暑さも、今では鮮明に思い出せる。とにかく私たちは出会って、そして……。

――おまえを俺の嫁にしてやる。

あの時彼の口から出た言葉が、私の胸の中にずっとずっと残っている。それはまるで空に輝く一番星のように煌めいて、私の世界を色鮮やかに染め上げる。

たった一言。しかも、小さな頃の約束だ。もしかしたらもう忘れているかもしれない。あれはただのおふざけで本気じゃなかったのかも。二紫名なら十分ありえる話だ。

だけど、でも、もし……。

もし、あの約束が本気なら。もし、今でも覚えているのなら、私は――。

まるで出口の見えない迷路のよう。頭の中で「いいや」と「でも」がぐるぐる回り、一向に答えは出てこない。もちろん、二紫名に直接聞く勇気もない。聞いて、私の「もし」が勘違いだったらと思うと怖いのだ。私はとても弱虫だ。

「――とにかく、連中がそこまで焦っているのなら、こちらも早急に対処しなければならないね」

縁さまの声に現実に引き戻された。嫁、の一言についトリップしてしまったけど、そもそも彼らの言う「嫁」があの約束と結びつくと決まったわけではない。それに……。

「縁さま、申し訳ありません……」

珍しく項垂(うなだ)れる二紫名に縁さまが微笑む。

「僕たちは家族だよ。気にすることはない」

深刻そうな二人を見て、沸々と疑問が沸き起こる。今の会話の内容だと、まるで「長」になるのが悪いことみたいじゃないか。「長」ということは里をまとめあげる人のことで……つまりは、とても偉くなる、ということではないのだろうか。

嫁のことはとにかく、「長」になること自体はそんなに悪いことのようには思えない。

「あのー……二紫名が長になっちゃダメなの？」

様子を窺（うかが）いつつもゆっくりと手を挙げた。その途端、縁さまと二紫名が目を真ん丸にして顔を見合わせた。言ったらまずかった……かな。

「あー……八重子、それはね――」

「八重子には関係のないことだ」

「…………！」

説明しようとする縁さまを二紫名がピシャリと遮った。冷たい言葉がズシンと私にのしかかり、思わず顔を伏せる。

薄明かりに照らされた石段は、本来の色を失って、まるで深い穴のように見える。足元から引きずり込まれそうな、そんな感覚に陥った。

「関係ない」なんて、そんなのわかってる。わかってるけど……わざわざ言わなくたっていいじゃないか。

二紫名のこういう態度はもう慣れっこのはずだったのに、やっぱり胸がチクンと痛む。結局、二紫名は妖であって、私とは違う世界の住人なのだ。頭では理解していても、彼に直接線引きをされると堪（こた）えるものがある。

ふと、視線を感じて顔を上げたら、縁（神様）さまが私を見て申し訳なさそうに笑っていた。顔には出さないでいたつもりだったけど、縁さまには全部お見通しのようだ。

しっかりしなきゃ。こんなことでいちいち傷ついている場合じゃないぞ、八重子。昴と一緒に修行すべきかもしれないいな、なんて思いながら、息を一つ吐いた。

「——二紫名のイジワル。関係のない私はそろそろ帰りますよーだ！」

二紫名に向かって大きく舌を出して見せた。こんな反応は予想していなかったのか、あのいつも表情を崩さない冷静な二紫名が明らかに動揺しているのがわかる。ザマアミロ、だ。ちょっとスッキリした。

「……なぁんて。でもそろそろ本当に帰らなきゃ。いくらお母さんに『今日はテストお疲れ様会で遅くなる』って伝えてあるとはいっても、あんまり遅いと心配されちゃうし……帰りますね」

ニッコリ笑顔を作って振り返る。気持ちを切り替えなくては。

境内は、ところどころに設置されている小さな明かりを目印に歩かなくてはならないほど真っ暗だった。ボーっとしてうっかり転ばないように、一段一段ゆっくり石段を下りる。すると——。

「きゃあ……！」

奥から聞こえる小さな悲鳴。この声は……真白さんだ！

すぐさま緊張が走る。もしかしたら黒幕が襲ってきたのかもしれない。注意しなきゃねって、さっき真白さんと話したばかりだというのに。

私はすっかり頭から抜け落ちていたのだ。幸せな日常は一瞬にして崩されるということを。

助けなきゃ、と思うより先に足が動いていた。とにかく動かなくては。私が走り出したのとほぼ同時に、二紫名も走り出していた。日頃の運動不足が祟って足がもつれて転びそうになる私を、二紫名が颯爽と追い抜かしていく。

早く、早く、早く……！

「真白さん……！」

薄明かりのせいで、暗闇にぼんやりと不気味に浮かび上がる鳥居の下、真白さんはしゃがみ込んでいた。こちらからはその背中しか見えない。

「なにがあったんですか……!?」

息も切れ切れにそう叫ぶ。まさか立てないほどの大きな怪我をしたのではと思い、背筋が凍った。

「真白さ……」

だけど近づくにつれ、私のさっきの考えが間違いだったことに気づいた。背中を向ける真白さんの奥に、横たわるもう一つの影が見える。真白さんが怪我をしたのではない。むしろ、誰かを介抱しているような……？

「あ……八重子さん、二紫名さん……ど、どうしましょう……」

振り返った真白さんの顔は真っ青だった。こんなことは初めてなのだろう。取り乱して、その手は小刻みに震えている。

何事かと真白さんの肩越しに覗き込むと、そこには私と同じ年くらいの女の子が横たわっているではないか。見慣れないセーラー服に、真っすぐな長い黒髪。目を閉じているが、寝ている……わけはない。

「ま、真白さん、この子は……？」

「わ、わかりません……私が通りかかった時には既にここで倒れていて……」

私は真白さんの声を聞きながらも頭の中はパニックになっていた。

——気を失っている？　大きな病気で？　それともどこかにぶつけたとか？　こんな時どうすれば……そうだ！

「きゅ、救急車！　救急車を呼ぼう——」

「いや、その必要はない」

電話を取りに行こうと走り出した私の腕を、二紫名が掴んだ。

「え、な、なんで」

「脈も呼吸も安定している。見たところ外傷はなさそうだし、深刻な病気でもないことはこの者の気配からわかる。安静にしていればその内気がつくだろう」

気配からわかる……？　半信半疑ながらも「二紫名が言うなら」という気もしなくはない。

「あの……ここではなんですし、と、とりあえず運びましょうか」

わずかに落ち着きを取り戻した真白さんの一声によって、この突然現れた女の子を社務所へと運ぶこととなったのだった。

社務所はエアコンが効いていて、とても快適だった。いつもは畳の上に足の踏み場もないくらい広がっているトランプやかるたも、今日は片付けられていた。いや、騒ぎを聞きつけて咄嗟に隅に追いやったのだ。端にある机の下からちょろっとその残骸が見える。

「女の子なのー」

「かわいいのー」

あおとみどりが思いっきり女の子の顔を覗き込む。それどころかそのまま「ふんふんふん」と匂いまで嗅ぎ出したので、私は慌てて二人を引きはがした。

「あおちゃん、みどりちゃん。このお姉ちゃんは眠っているからね。そっとしておこうね」

ああ、やっぱり社務所はまずかったかもしれない。社務所といえばこの子たち(妖たち)の住処(すみか)。単純に騒がしいこともそうだが、あまりこの子たちを普通の人間と同じ空間にいさせるのはよろしくない。いつボロが出るか気が気じゃないからだ。

「で、こいつ誰だよ」

クロウが胡散臭そうな目で彼女を見下ろしている。たしかに、この子は誰なんだろう。

「女の子なのー」

「なのー」

「んなの見たらわかるわっ！　……じゃなくて、ちゃんと人間なんだろうな」

その一言にドキッとした。……そうか、人間じゃない可能性があるじゃないか。

畳の上、お客様用の布団に横たわる彼女は、見た感じは至って普通の女の子だ。着ているものも普通のセーラー服。今まで妖たちと会った時感じたような異様な雰囲気は特段感じない。あおやみどりも妖の気配なるものを感じ取っている様子もない。

「ね、ねぇ二紫名……？」

不安になって二紫名を見た。以前、二紫名が人間を装った真白さんに対して「匂いがしない」と言っていたことを思い出したのだ。どうやら彼らは「匂い」で妖かどうか判断できるらしい。じゃあ、この子は……。ごくりと唾を飲み込み、二紫名の返答を待つ。

「ああ、間違いなく人間の匂いだな」

よかった。また刺客が送られてきたわけじゃなくて、ホッと胸をなでおろす。

「なんだよ、ツマンネー。黒幕の野郎だったら寝ている隙に一発ぶん殴ってやるところだったのに」

「ダメなのー！　女の子にはやさしくしないとなの！」

「やさしく、なの！」

「だーかーらー、黒幕だったらって言ってるだろ」

安心したのは私だけじゃなかったのか、たちまち社務所内は騒がしくなった。

子供の喧嘩のような言い合いをしていたクロウたちだったが、女の子が「んん……」と声を漏らしたことで、その動きをピタリと止める。

みんなが女の子に注目していた。眠り姫が目覚めるごとく、彼女の目がゆっくり開かれる。

長い睫毛。品のいい、小ぶりな鼻とスッキリとした涼しげな瞳。眠っていた時も感じたけど、目が開かれたことで彼女の凛とした姿が完成されたような気がする。

「……ここは……？」

布団の上で体を起こし、怪訝そうにあたりを見回す彼女。私たちの顔を一通り見て、その後じっと自身の手を見つめた。無理もない。目覚めたらいきなり見知らぬ男女が周りにいたら、私でもきっと驚くから。

「あ、あの、あなたが鳥居の所で倒れていたからここまで運んできたの。大丈夫？　どこか痛くはない？」

「……あなたが運んだの？　あなたは誰？」

なぜだか彼女の言葉の端々に棘を感じる。たしかに勝手に運んだのは悪かったけど、そこまで怒らなくったっていいのに。彼女の噛みつくような目に焦ってしまい、思うように言葉が出てこない。

「えっと、運んだのは二……西名(にしな)っていうそこの男の人なんだけどね。あ！　でも大丈夫。寝ているあなたに誰も変なことなんてしてないから。みんなあなたのことが心配で見に来て……。あ、それで、私は円技八重子って言って、ここの近所に住んでいるんだけどね、えっと……」

なにを言っているんだ、私は。うまく説明できなかったことで、また彼女の怒りを買ってしまったのではないかとビクビク様子を見たら。

「八重子……！」

彼女は目を見開いている。それも、私の名を叫んで。

「あー……珍しい名前、かな？　たしかに最近じゃ見かけないかもだけど」

「八重子……あなたが八重子さんなのね！　見つけた……！」

彼女はそう言うなり、私の肩を力強く掴んだ。

「あなたを探していたの。お願い、私の記憶を取り戻して……！」

記憶？　取り戻す？　彼女はなにを言っているんだろう。だけど彼女の目は真剣そのもので、ふざけているようにはとてもじゃないけど見えない。

「えっと、あの、どういう」

「お願い！　あなただけが頼りなの……！　記憶が戻らないと私……私……！」

さっきまでの冷たい視線はなんだったのか、彼女の瞳から大粒の涙が零れてくる。

彼女は「記憶を取り戻してほしい」と言った。

……まただ。また「記憶」に関する事柄。私の知らないところで、なにか大変なことが起こっているのかもしれない。体の中心がどんどん冷えていく。

「落ち着いて。もう少し詳しく話してもらえる……？」

私の言葉に、彼女は涙を拭うと小さく息を吐いた。

「私……療養のために、しばらくこの町で暮らすことになったの。実は小さい頃二年ほどここで過ごしたことがあるみたいなんだけど……」

「みたい？」

そう尋ねると、彼女は神妙な面持ちでこくんと頷いた。

「それが……なぜかその時の記憶だけが失くなっていて」

小さい頃能登にいて、その時の記憶を失くしている……？

周囲を見渡すと、クロウやあお、みどり、そして二紫名も、みな一同に目を見開いていた。

だってそれって、私と同じじゃないか……！

彼女はみんなの動揺を知ってか知らずか、淡々と話し続ける。

「それで、ある時この神社に『記憶を取り戻せる女の子がいる』という噂を聞いたの。名前は『八重子』って。だから私、八重子に会いにここに来たんだけど……途中、昔のことを無理に思い出そうとして激しい頭痛に襲われて……」

「そ……うなんだ……」

『記憶を取り戻せる女の子がいる』という噂の出どころが気になるところだけど、とりあえず今は彼女の失くした記憶について考えなければ。私の場合は縁さまが盗っていた。彼女も部外者ということを考えると、縁さまの仕業の可能性はある。

……とすると。

「あの……昔ここのお祭りに来なかった？　鳥居をくぐる時に誰とも手を繋いでいなかったり……」

ほんの僅かな手がかりでもいい。なにかないものかと、私も必死に彼女を見た。けれども、彼女は力なく首を振るだけだった。

「そんな記憶すらないわ」

——そんな……。

祭りには行かなかったのか、それともそのこと自体も忘れているのか。縁さまに聞けば縁さまの仕業かどうかわかるだろう。問題は、そうじゃなかった場合なのだが……。

「お願い、八重子……あなただけが頼りな、の……——あっ」

その時突然、彼女の体がグラついた。布団に手をつく彼女の顔は、艶がなく青白い。

「しばらく安静にした方がよさそうだな。落ち着くまでここで休むといい」

「なー、俺らの寝床は？」

「木の上でもどこでも好きにすればいいだろう」

「なっ……！　お前って本当、俺らの扱い雑だよな……」

「これでも優しくしている方だ」

二紫名とクロウが言い合う中、まるで叱られるのを待つ子供のように不安そうな瞳の彼女に声をかける。

「あの……家の方に連絡できる……かな？」

「……そうね、しておくわ」

寂し気に目を伏せて笑う彼女が気がかりではあるが、そこまで踏み入ることはできない。

「今日のところは休んで、そのことについてはまた明日にでも話そうか……えっと……」

「花純（かすみ）」

「え――」

「花純っていうの、私」

彼女が名前を言う瞬間、なぜか胸がドキリとした。彼女の瞳が一瞬、挑むように熱を持ったせいかもしれない。

「あ……じゃあ、花純さん、また明日」

私たちは、彼女――花純さんを部屋に残し、社務所の外に出た。クロウたちは眠くなるまでかくれんぼをするらしく、社務所を出た途端、散り散りに駆けていった。下駄の音が虫の音にかき消されるように遠のいていく。

再び静けさを取り戻した境内でゆっくり頭上を見上げると、濃紺の空にはいくつもの星が瞬いていた。その中でもひときわ明るい星が三つ。夏の大三角と呼ばれるその星たちを、祖母の家の庭で祖母と二人で眺めた夜を思い出す。

「あの日」を取り戻した私は、今日も明日も明後日も、このまま平和な日常が続いていくと、そう信じていた。いや、信じたかったのかもしれない。この日常があまりにも幸せで、失いたくなくて……。

「二紫名……花純さんのさっきの話、どう思う？」

前を歩く二紫名にそれとなく訊ねる。その途端、雪駄の音がピタリと止んだ。振り返った彼の表情は少し複雑そうだ。

「縁さまの元に記憶がある可能性はある。だが……あまりにも似すぎてはいないか？」

「似てる？」

「花純と八重子の境遇が……だ」

「たしかに、そうだけど……でも花純さんは普通の人間なんでしょう？　なら疑いようがないんじゃないかな」

「そうなのだが……」

二紫名がきゅっと眉根を寄せた。

口数少ない二紫名の考え。いつもならわからなくてヤキモキするところだが、今回だけはわかる。きっと彼は、黒幕のことを考えているのだ。

「ま、まぁ、縁さまが盗ってる可能性が高いしね！　ね！」

そう、きっと縁さまが盗っているに違いない。彼に近寄ってその背中をポンと叩きながら、自分自身にも言い聞かせるように声高に叫んだら。

「僕は盗ってないけどね？」

いつからいたのだろう。縁さまが横からにょきっと顔を出した。自分のせいにされて、その表情はちょっぴり不服そうだ。

「ゆ、縁さま……!?　いつから聞いていたんですか」

「いつからって、最初からぜーんぶ。僕はここの神様だよ？　敷地内の会話なんて全て僕に筒抜けだと思ってもらわないと」

驚く私に、縁さまはなんでもないことのように言ってのけた。っていうか、待って。あまりにもサラリと言うものだから流しそうになったけど、今盗ってないって……。

「縁さまのせいじゃないんですね……？」

声が上擦る。自分の声じゃないみたいだ。

「うん、僕は知らない。というか、この神社に彼女は来ていないね」

――と、いうことは……。

ドクン……ドクン……。心臓がひどくゆっくり動く。混乱しているはずなのに、頭は妙に冴えわたっていた。

そっと自身の両腕を抱くと、夏なのに鳥肌が立っていることに気づく。怖い。怖いんだ。

「八重子」

縁さまが私の目をまっすぐ見据えた。その目は挑むようでもあり、懇願するようでもある。それがなにを意味するか、私はとうにわかっていた。

花純さんの記憶は一体どこにいってしまったんだろう。わからないが、ただ一つ、ハッキリしていることがある。ここにいるのは「記憶を失くした女の子」。つまり、確実になにか事件が起きているということだ。

花純さんだけではなく、またあの冬の日のように町の人々の記憶が奪われてしまっているのかもしれない。だとすると、もちろん首謀者は――。

「――花純の記憶の調査をお願いしたい」

縁さまの視線に射抜かれて、私は動けないでいた。ただじっと見つめ返すことしかできない。

——風が唸る。心がざわめく。また私の、記憶探しの旅が始まりを告げた。

この時の私はまだ知らない。この先、最大のピンチが訪れるということを——。

弐　兄と弟

駅から一歩外に出ると、雲一つない青空とむせ返るほどの生暖かい潮風が私たちを歓迎してくれた。強風でなびく髪の隙間から古い家々が建ち並んでいるのが辛うじて見える。その景色は私たちの住む町のそれとなんら変わらないが、風に乗ってほんのり香る海の匂いと遠くから聞こえる波の音が、普段とは違う特別な場所に誘ってくれるようだった。

いつもは人気(ひとけ)がないが、さすがにシーズンだからか、半そで短パンにサンダル姿の近所の子供たちが楽しそうに海の方へ駆けていくのが見える。この暑さは海で遊ぶにはちょうどいいのだろう。もしかしたらあそこも混んでいるかもしれないな。

この通りをまっすぐ行けば今回の目的地である、ある神社に辿り着く。

記憶に関する問題ごとだから、一応彼女にも聞いておかなくてはと、そう思っている……んだけど——。

「……ねぇ、わざわざこんなところまで来てなにをするの？」

今の今まで隣を歩いていた花純さんが立ち止まった。見ると、手で髪をかき上げながら、怪訝を通り越して不機嫌そうな表情で辺りを見ている。不機嫌なのは、美しい長い髪が強風のせいでボサボサになったせいかもしれない。

昨夜の涙はなんだったのか、再び現れた氷のような目つきにどきりとする。

「えっと、それは……——」

今回の調査は少々複雑だ。というのも、記憶を失った本人が「記憶を失ったこと」をハッキリ自覚して、なおかつ、それを取り戻してほしいと直々に依頼してきているからだ。

町の人々の記憶の時のように、本当なら私と二紫名で話を聞いてまわるはずが、花純さん自ら「私も一緒に行く」と言ってきかなかった。

……そんなわけで、今回は花純さんと私の二人で共に調査をすることとなったのだった。問題は、花純さんが何も知らない普通の人間ということで……。

「——とりあえず、ついてきてくれればいいから」

あははと笑ってみせたけど、彼女は眉すら動かさない。人形のように無表情のまま、じっと私を見ている。ああ、やっぱりやりにくいことこの上ない。「神様にお話を聞きに行きたくて〜」なんて言えるはずないじゃないか。

こんな時、二紫名がいてくれたらうまく誤魔化せたのかもしれないのに、人間と一緒に行動するとわかった途端、「阿呆。人間との調査など、俺がついていけるわけないだろう」の言葉を残し、神社に引っ込んでしまった。無責任な狐め。

それに不可解なこともある。

二紫名たちの話によれば、昨日花純さんは、あれからわりとすぐに家へと帰ったはずなのに、今朝神社にやってきた時にはまた昨日と同じセーラー服を身にまとっていた。聞くと、「この服が一番しっくりくるもの」と言うが、いまいち理由がよくわからない。

花純さん——この子は一体どういう子なんだろう。今回の調査でそこら辺もわかるといいのだけど。それ以前に、円滑にコミュニケーションが取れるくらいには仲良くなりたいものだ。

波の音がひと際大きく聞こえてきたと思ったら、海へと繋がる細い道が現れた。遠くにキラキラと輝く海面が見える。その夏らしい景色にふと足を止めた私に、花純さんの冷たい視線が容赦なく襲い掛かる。

「まさか、海にでも行こうっていうの？」

「う……ううん。目的地はこっち」

私が指さしたのは、その道沿いにひっそりと佇む小さな神社。周りを草木に囲まれて、その存在すら道行く人に気づかれないほどの。

「えっと……ここで待っててくれるかな？」

「え？」

「と、とにかくちょっと待ってて」

眉根を寄せる花純さんのことは気にせず、一人鳥居をくぐる。

さすがに神様との会話を見せるわけにはいかない。そんなことをしたら、「賽銭箱に向かって独り言を言うやばい人」認定されかねないからだ。これ以上あの冷めた目で見られるのはごめんだった。

境内はしんとしていた。海に人は集まっても、残念ながらここには人は来ていないらしい。

あまり手入れが行き届いていないのだろう。石畳の細い参道は小石や小枝で埋もれていた。

それらを避けて歩いていくと、小さな拝殿に辿り着く。そこにある賽銭箱の上に、彼女は座っていた。

一つに纏め上げられた黒髪に、勝気そうな大きな瞳。真っ赤な紅がひかれた唇は美しい弧を描いている。黒地に赤や白、ピンクの牡丹の花があしらわれた派手な着物だが、その着物に負けないくらいの派手な顔立ち。こんな小さなうらぶれた神社にいるのが似つかわしくないほどの美人だ。

「八重子！」

まるで私が来ることがわかっていたみたいだ。彼女——この神社の神様である望さまは、私を見るなりふわりと華やかな笑みを浮かべる。

「望さま、ちょっと困ったことがあってご相談に」

第一声がまずかったのか、望さまはキラキラと瞳を輝かせた。

「まぁまぁまぁ！　この私に相談って言ったら『恋愛相談』よね？　そうよね？　そうに決まっているわよね？」

「え？　えっと違——」

「もー、やっと私に恋心を渡す気になったのね？　さんざん待ったのよ？」

「あの、だから違う――」

「さぁさ、早く話しなさい。こ・い・バ・ナ」

彼女の表情は恍惚として、もはや私の声など届いていないことが一目瞭然だ。

プツン。私の中でなにかが切れる音がした。

なんでこう、私の身近にいる妖や神様は人の話を全然聞かないんだろう。怒涛の勢いで話し続ける望さまに向かって大きく息を吸った。

「違いますっ！　話を聞いてください！」

久しぶりの大声にゼエハア息が切れる。目の前の望さまは大きい目をさらに見開き、突如ガクンと項垂れた。――ただし、私が叫んだということに対してショックを受けたのではなく、彼女の場合、「恋バナではなかった」の、その一点に対してのみショックを受けているのは明白なのだけど。

そう、この望さま、女の子の「恋心」が大好物なのだ。

近くの海である恋路海岸（こいじかいがん）は縁結びのパワースポットとして有名で、そこからこの神社へと行きついた女の子たちが恋愛成就の祈願をするたび、その恋心を盗ってしまう。この神社に人がいないのは、望さまの暴挙が噂となって出回っているからではないかと最近思う。

「……で？　なによ、話って」

テンションは急降下。明らかに不服そうに唇を突き出す望さま。私に対して取り繕おうとする努力は微塵も感じられない。でもまぁ、それが望さまなんだから仕方ないか。

私はコホンと咳ばらいをした。

「実は、ある女の子の記憶が失くなったんです。花純さんっていう名の女の子なんですけど」

「……それで？」

望さまの眉がピクリと動く。

「えっと……その子のこと、知りませんか？」

「……なんでそう思うの？」

望さまは実に穏やかに微笑んでいる。だけどその笑みがどこか引きつっているようにも見えて。

……なんだか雲行きが怪しくなってきた。

「もしかして望さまが盗ったんじゃないかなって」

にっこり笑い、努めて明るく言ったというのに。予想通り、望さまの目が妖しい光を放った。その体はわなわなと震えだし、こちらに掴みかかってきそうな勢いで近づいてくる。

「…………や〜え〜こ〜」

形勢逆転。望さまは地獄の底から這い出たばかりのような声で私の名を叫ぶ。

「毎回毎回、なんで私に聞くのよ！」

「だ、だって〜、一応望さまも記憶を盗った前科がありますし」

「私の専門は恋心！　あなたの祖母以外の人の普通の記憶は盗ってないわよっ。あなた意外と根に持つタイプね、八重子？」

　そんなことないんだけどな。でもこれで、望みさまが盗ったというほんの僅かな可能性すらなくなってしまったわけだ。

　縁さまでもなければ望さまでもない。私の心はこの抜けるような青空と反比例するがごとく、ゆっくり沈んでいく。神様が盗ったわけではないとなると、それが意味するのはつまり……。

「黒幕」

　ボソリと小さな声で呟いた。

　やっぱり黒幕との接触は免れないのだろう。そうじゃない可能性をことごとく潰されて、覚悟が足りなかったことに気づかされる。どこかでそうじゃなければいいのにと思っていた甘い自分がいたのだ。

「……八重子？」

　言い返さない私を心配してか、望さまが私の顔を覗きこんできた。大きな瞳がパチパチと二度瞬きをする。

「大丈夫よ。きっとまた大したことないわ。八重子、あなた心配しすぎなのよ」

「そう……ですかね」

「そうよ。どうせまた私に惚気(のろけ)話をして終わるんだわ」

「の……!?」

なにを言っているんだ、望さまは！

驚き顔を上げると、望さまの温かい笑顔が視界に入った。ああ、そうか。私を元気づけようとして……。なんだかんだ言って、縁さまも望さまも、みんな優しいな。

ぐずぐず言っていても仕方ない。たしかに望さまの言う通り、「心配しすぎる」のが私の悪い癖なのだろう。

「……かもしれませんね。気を取り直して町の人たちにも話を聞いてみることにします。もしかしたらなにかわかるかも」

とにかく今は調査を進めるのが先決だ。町の人にもなにか変わったことがないか聞いてみよう。黒幕のせいかどうか、ハッキリさせようじゃないか。

「──八重子、これを持っていきなさい」

お辞儀をする私の目の前に、望さまの白く細い手が現れた。その掌にはなにかが乗っている。見覚えのある、穴の開いた丸いもの。これって──。

「五円玉、よ」

「へ？」

望さまから受け取ったそれをまじまじと観察してみる。多少古ぼけているものの、たしかにどこからどう見ても普通の五円玉、だ。私がお賽銭を入れるならわかるけど、なんで神様である望さまが人間(わたし)に五円玉を？

きょとんとする私がおかしかったのか、望さまがふふっと笑った。

「ご縁がありますように……ってやつよ。一種のお守りみたいなものね」

「は……はぁ」

「そんなくだらないことで悩んでないで、恋愛について悩みなさい？　この五円玉を持っていれば、きっといいことがあるはずだから。いーい？　私からの五円玉って、すっごくありがたいものなんだからね？」

「はぁっ!?」

予想だにしない言葉に思わず変な声が出た。恋愛って……まったく、望さまってば。今は恋愛のことなんて考えている余裕なんてないというのに。

「あら、なによその反応。あなたたち、じれったいのよ。初めて会ってから一体どれくらい経つっていうの？　だいたい、結婚の約束をしているくらいなのに、まだなんの進展もないなんて……！」

望さまは「信じられない！」と大袈裟に天を仰いだ。

「あの、つかぬことをお聞きしますが、その『あなたたち』ってもしかして……」

「あなたと縁のとこの狐に決まっているでしょう？」

喉元に望さまの人差し指が突き刺さった。突き刺さるといっても実際には触れることはできないのだけれど。

「わ、私と二紫名が進展、なんて……」

私はきゅっと口を結んだ。たしかに結婚の約束をしたのは事実だ。それに対し、素直に嬉しいと思う私がいることも、また事実。

だけど……。

先日のあの二紫名の態度。妖界のことは私には決して話せないといった、あの態度が気がかりだった。人間と妖は、結局どこまでいっても交わることは許されないのかもしれない。

私の中の黒い靄はどんどん膨らんでいき、あの約束ももしかしたら私の思い違いだったのかも、なんて思うくらいだった。所詮、記憶は記憶だ。現在(いま)の二紫名からその言葉を言われないと、なんの意味もない。

――進展なんて、そもそもあるはずがないのだ。

「ふふ、そうやって悩むうちが華なのかもしれないわね。若者は思いっきり悩みなさい？」

なぜか勝ち誇ったようにそう言う望さまに、ちょっぴりカチンとくる。他人事(ひとごと)だと思って、勝手なことを言うんだから。

「か、帰りますっ！　またなにかわかったら知らせに来ますね」

「うふふ。頑張ってね、八重子」

背中に望さまのいらぬ声援を受けながら、私は神社を後にした。なんだか途中から話がすり替わった気がする。私のことは後回しだ。今は花純さんの記憶のことを考えなければ。軌道修正、軌道修正……――。

「神様と会話するなんて変わっているのね」

「へえええ!?」

ちょうど鳥居に差し掛かった時、いきなり声を掛けられ驚いた。そうだった、今回は花純さんがついてきていることをすっかり忘れていた。

花純さんは退屈そうに鳥居の真下で座り込んでいた。手持無沙汰なのか自身の長い髪を指でくるくると回している。

「え、えっと……み、見てた？」

「ええ、見ていたわ。八重子さんが賽銭箱に向かって一人で騒いでいるところを」

「あ……あれは、その——」

やばい。サーッと血の気が引いていく。私としたことが、望さまのいつものペースにハマり、つい大声で話してしまっていた。この神社は鈴ノ守神社と違ってこぢんまりしている。ちょっとのことで会話が筒抜けになるということを失念していた。

なにかいい言い訳をと思ったが、ポンコツな私はやっぱりなにも思いつかない。あの刺すような視線を思い出し、恐る恐る花純さんを見るが、

「で、なにか成果はあったの？」

「へ……？」

花純さんは意外なほどあっさりとそう言った。もっと馬鹿にされたり貶(けな)されたりすると思ったのに……。彼女は冷たそうな見た目ほど、そう悪い子じゃないのかもしれない。

「ごめんなさい。成果ってほどのことはなくて……。でもわかったこともあったから、次は商店街に行きましょう」

「商店街？」

「花純さんはこの町にいたことがあるんだよね？　だったら、商店街の人たちが花純さんの昔のことをなにか知っているかもしれないから。それに、商店街に行けば花純さんもなにか思い出すかもしれないし」

花純さんは、私をじっと見て「ふぅん」とだけ呟いた。また呆れられたのかとドキドキしたが、花純さんはすっくと立ち上がりスカートに付いた汚れを手で払いのけると、背中を向けたまま「八重子さんがそう言うなら、そうなんでしょうね」と小さく零した。

うん、やっぱり悪い子じゃなさそうだ。不安でいっぱいだったけど、二人での調査もなんとかなりそうな気がするよ。私は両手にぎゅっと力を入れて元気よく歩き出した。

商店街に着いたのはちょうど太陽が私たちの真上に差し掛かった頃だった。

太陽は燦燦と輝き、焦げ付くほどの日差しで半そでから露出した肌がヒリヒリと痛む。商店街の中央を真っすぐ伸びるアスファルトの道がゆらゆらと揺れていた。

つい昨日梅雨が明けたばかりだというのに、太陽のこの本気っぷりが恐ろしい。こんな中をただフラフラと歩きまわるのは得策とは言えないし、なによりこの時間だ。どうやったってお腹は空くもので……――。

――ぐぅぅ。

誤魔化しきれないほどの盛大な音が鳴り響く。一応言っておくと、精肉店の隣に差し掛かったというのが最大の原因で、これは不可抗力なのだ。さっきからいい匂いが鼻腔をくすぐり、離れない。

「お腹が空いたの？　八重子さん」

花純さんが至って真面目に聞いてきたので、私はもう笑うしかなかった。

「あ、あはは……もうお昼だもんね。花純さんもお腹空かない？」

「そうね……私はあまり。でも八重子さんがそう言うならなにか食べましょう」

「そうしよう、そうしよう！　って言っても、この商店街にはお昼ご飯を食べられるようなお店はないしなぁ……」

思いつくのは精肉店のコロッケだ。ゴロッと大きな能登牛が入ったジューシーなコロッケ。大ぶりで一個食べただけでも満足感が得られる。

ただ、買い食いスタイルになるのが仕方ないとはいえ悩ましいところだ。いいところのお嬢さんといった風貌の花純さんが、買い食いをし、更にあの大きなコロッケをガブリと食らいつくところなんて全く想像できない。

……となると選択肢は一つ。

「なんじゃ～い、そこにおるのは八重子ちゃんじゃ～ん！　今日もきゅーとでちょべりぐっじゃ～ん」

まるで歌うようにかろやかに、どこからともなく陽気な声が聞こえてきた。なんてナイスタイミング！

人混みの中から颯爽と現れた人物は、夏らしい黒いタンクトップにダボダボのハーフパンツ姿。金のチェーンのネックレスとドクロマークのキャップがなんだか禍々(まがまが)しい。が、若者らしい恰好といえばそうなのだろう。ただし、そんな恰好をした彼は、私の祖母と同世代……つまり、おじいちゃん、なのだけれど。

「てっちゃん、ちょうどいいところに……」

「ぬわんじゃいっ！　この超きゅーとなぎゃるちゃんはっ！」

私に話しかけてきたはずのてっちゃんは、突如として叫ぶと、私を完全に通り過ぎ花純さんの方へ歩み寄った。驚き言葉が出ない花純さんの手を取り、女神でも見るような目でうっとり見つめる。てっちゃんのナンパモードがさく裂している。

「初めて見る顔じゃ～ん？　名前はなんやろ？　教えてくれんけ～」

「え、え、なに？　ぎゃる？　や、八重子さん？」

これまで全く表情を崩さなかったクールな花純さんが、今初めて焦っている。可哀想なような、もうちょっとこのまま見ていたいような……。

「ね、ねぇってば！」

「あ！　ごめん、ごめん。この人は『てっちゃん』って言って、私の祖母のお友達なの。陽気なおじいちゃんだよ。……で、てっちゃん、この子は『花純さん』。最近知り合ったんだけど……ちょっとこの子のことで聞きたいことがあって」

「ふぅむ、花純ちゃんって言うんか。名前もきゅーとじゃ～ん。相談事ならほれ、ワシの店に来るといいんじゃ〜ん。ちょうど例のアレが用意できとるよ」

てっちゃんは花純さんの手を離すと「アレ」と言いながら親指を立てニカッと笑った。現れた立派な銀歯に花純さんが「う」と息を呑んだのがわかる。

この反応には覚えがある……私も最初はてっちゃんのいで立ちに目を白黒させていたっけ。だけどこの町でしばらく暮らすなら、てっちゃんには慣れてもらわないと。

「例のアレ！　いいですね」

「じゃろ〜？　さぁ行くじゃ〜ん？」

私とてっちゃんは、まだ全く状況が飲み込めていない花純さんの手を引っ張り、精肉店の二店舗横にある立派な骨董品店……ではなく、その骨董品店を半分に区切った残り半分の店に連れて行った。

「な……なに、ここ……」

ぽかんと口を開けた花純さんの目に映るのは、目がチカチカするほどの一面ショッキングピンクの壁。天井からぶら下がる、お城にあるような大きなシャンデリアに、至る所に並べられたカラフルな雑貨たち。

「『かふぇ・いいんだぁ』………カフェ!?」

店先にある手書き看板の文字を読んだ花純さんが、驚愕の表情で振り返った。驚くのも無理はない。とてもじゃないけどカフェには見えないから。

「ふふっ……そう、カフェ。大丈夫、想像よりはずっと居心地がいいから」

私に背中を押され、花純さんはおずおず店の中に足を踏み入れた。

てっちゃんは骨董品店の店主だ。と同時に、この「かふぇ・いいんだぁ」の店主でもある。元々は、てっちゃんがぎゃるちゃんをナンパするために作られたちょっとしたお喋りスペースだったのだが、それだけでは人が来ないと悟ったてっちゃんが最近ちょっぴり改造をしたのだ。

一つは、「フォトスポット」だ。どこからか「映え」なるものを耳にしたてっちゃんが、ショッキングピンクの壁を活かして、その壁にたくさんのハートを描き足した。もちろん、その場所で写真を撮ってほしいという願いを込めて。

そしてもう一つの改造は……。

「じゃ、じゃーんっ。ワシ特製『甘海老勝つ☆カツサンド』じゃ〜ん」

カチャンという音と共にテーブルの上に現れた大きな白いお皿。その皿には女子高生でも食べやすそうな小ぶりの甘海老カツサンドが綺麗に四切れ並べられていた。

実はてっちゃん、最近になって本当にカフェを始めたのだ。といっても、メニューは限定五食の甘海老カツサンドのみ。そのネーミングセンス……はさておき、地物の甘海老をふんだんに使った甘海老カツは精肉店のものなので、味はたしかだ。

皿をまじまじと見つめる花純さんに「おいしいよ」と勧め、私も早速甘海老カツサンドに手を伸ばした。ふわふわの食パンにカリッと揚がった甘海老カツとシャキシャキのキャベツがとっても合う。

「……意外とおいしい……わね」

私の様子を見て、一口頬張った花純さんが小さく零した。その後も黙々と食べ続けるので、彼女の感想は本心らしい。

「で？　聞きたいことってなんじゃん？」

向かいの席に腰かけたてっちゃんがそう切り出した。私は口の中のものをゴクンと飲み込み、話し始める。

「それが……変なこと聞きますけど、てっちゃんって花純さんのこと本当に知りませんか？　なんでも彼女が小さい頃、この町で暮らしていたみたいなんですけど……」

てっちゃんは「はて」と言って首を傾げた。そのまましばらく考え込んでいたが、あまりピンときていないようだ。

「ううん……花純、という名前に聞き覚えはないのう。何歳の時にここにおったんや？」

花純さんは困ったように私を見てフルフルと首を横に振る。どうやらそれも記憶にないらしい。

「ええっと……それがちょっとわからないみたいで……」

「ふぅむ。こぉんなきゃわいい子、ワシが見落とすはずないんやけど〜」

てっちゃんは困り顔で腕を組み、「ううん」と唸ったきり黙り込んでしまった。

残念ながら、てっちゃんは本当に花純さんのことを知らないみたいだ。もしくは、昔のことで忘れてしまっているか……。どちらにせよ、判断材料が少ない上に、花純さんの記憶が失くなっていることは話せないので、この話はこれ以上膨らみそうもない。……となれば。

「じ、じゃあ、最近変わったことはありませんか？」

「変わったこと？」

「たとえばなにか忘れっぽくなったとか……ほら、私の祖母のことは覚えています？」

私が危惧すること、それは、また町の人々の大切な記憶が失われているんじゃないかということだ。

花純さんの記憶がないのだから、その可能性は十分にある。だけど、私の問いにてっちゃんはケラケラと笑った。

「なぁんじゃ、いきなりそんなこと！　君ちゃんのことを忘れるはずないんじゃ〜ん。あ、もしかしてワシがあんまりにもぎゃるちゃんをナンパするもんやから、心配になったんじゃん？　安心するんや八重子ちゃん、ワシはこう見えて君ちゃん一筋じゃ・か・ら」

てっちゃんはウインクをしながらポケットから一枚の写真を取り出した。白無垢姿の女の人と膨れっ面の青年が写っている。それは間違いなく祖母、君江の写真だ。

てっちゃんは祖母のことを忘れてはいなかった。そのことがわかっただけでもホッとする。花純さんの記憶に関する問題は全く解決には至らなかったけれど。

「あの……わかりました。それじゃあ私たち、これで……」

「八重子ちゃんは花純ちゃんのことを知っている人を探しとるってことやね？　そうしたら、田中(たなか)のばあさんにも聞いてみるといい。あの人の店には子供がよく来るから、もしかしたら花純ちゃんのことも覚えとるかもしれないじゃん」

立ち上がる私たちにてっちゃんはそう告げた。

そうか、たしかに田中さん——駄菓子屋のおばあちゃんなら花純さんのこともわかるかもしれない。

「ありがとうございます！」

お辞儀をして店を出た私たちの目の前を、子供たちが勢いよく通り過ぎていく。あの子たちもきっと、私と行き先は同じだろう。少し歩くと案の定、子供たちが群がっている店が見えてきた。

「やりぃ」「あ、ズリー、俺も俺も」「次、俺～」

声変わりもしていないような小学生男子たちが、店先に二つ並んだガチャガチャを順番に回している。店内で買ったのだろうか、みんなそれぞれ片手に持ったアイスキャンディーからは、ポタリポタリとアイスが垂れ、アスファルトに小さな水たまりを作っている。

そんな少年たちを見守るようにして横に立つ女の人が、私たちに気づき手をあげた。

「なぁんや、やっちゃん！　休みの日なんに珍しいじ？」

大きく口を開け豪快に笑うのは、ここ田中駄菓子店の店員、川嶋（かわしま）さんだ。いつもパワフルで、ここの商店街を通るたびに彼女から元気をもらえる。

「今日って田中さんはいますか？」

「ばーちゃんなら店の奥におるよ。なにか話でもあるん？」

「はい、ちょっと……昔のことで」

川嶋さんは「ちょっと待っとって」とだけ言うと、店の奥に向かって

「ちょっと、ばーちゃーん？　やっちゃん来とるよー？」

と大声で叫んだ。少年たちが川嶋さんの大声に驚き尻もちをついている。

「ごめんね、ばーちゃん最近耳が遠くって。すぐ来ると思うわ」

その言葉通り、ドタンドタンと大きな音が聞こえてきたと思ったら、奥から一人の老婆が顔を出した。のっそりと足を引きずりながら近づいてくると、睨むような目つきで私を見る。

「八重子、あんたの好きなラムネ冷やしてあるよ」

その優しい言葉とは裏腹に、地響きのようなしゃがれ声に、ギラリ鋭く光る小さな瞳が恐ろしい。相変わらず駄菓子屋のおばあちゃんは迫力があるなと思っていたら、花純さんもそう思ったのだろう、横でごくりと喉を鳴らしていた。

「横のあんたも」

駄菓子屋のおばあちゃんは花純さんに目をやると、すぐさま背中を向け店の中に入っていってしまった。一見すると置き去りにされたようだが、これが駄菓子屋のおばあちゃんなりの歓迎方法であることは、私にはわかっていた。

戸惑う花純さんに合図し、駄菓子屋のおばあちゃんについて店内に入っていく。

中は、古くて狭く、おまけに所狭しと駄菓子が並んでいた。いや、並んでいるなんて綺麗なもんじゃない。形の異なるビンやかご、箱に、駄菓子が詰められるだけ詰めこまれている。

天井からはキャラクターカードや飛行機型のおもちゃがぶら下がっており、次から次と目移りしてしまう様はまるで遊園地に来たみたいだ。いつ来てもこの空間はわくわくが止まらない。

「ほら」

「ひゃっ」

プシュッと小気味いい音がしたと思ったら、冷たくて固いものが頬に当たった。

「ラムネ！」

海をそのまま閉じ込めたような涼しげな色合いの液体は、見ているだけで体温が下がるようだ。ぷつぷつ小さな泡が現れては儚く弾け消えていく。この小さな瓶には、夏の日の浪漫が詰まっていた。

「ほら、なにをぼさっとしとるんや。適当に座りまっし」

駄菓子屋のおばあちゃんは、ニコリともせず手にしたラムネをこちらに突き出すと、レジ横のちょっとしたスペースに置いてあるパイプ椅子に向かって顎をしゃくった。

「ここのラムネ、この町の名物なんだよ」と、遠慮がちに座る花純さんにこっそり耳打ちする。

「名物……？　変わった味でもするの？」

「ふふ、味は至って普通のラムネなんだけどね……ほら」

私の持つラムネを花純さんの持つそれの横に近づける。赤と緑のビー玉が仲良くぷかり浮かんでいた。

　ここ田中駄菓子店のラムネには、ほんのり色付けされた七種類のビー玉が入っているのだ。その内の一つ、紫色のビー玉がなかなか見つからないということで、幻の紫色を探すためみんなこぞって田中駄菓子店のラムネを買うのだった。

「色が違うのね……綺麗」

　花純さんが素直にそう言うものだから、私が褒められたわけではないのに誇らしくなってニヤニヤしてしまう。そんな顔を駄菓子屋のおばあちゃんに見られ、慌てて「んん」と咳払いをした。

「で、一体なんなんや。八重子が改まって来る時は、決まってなにか困りごとやろ？　なにがあったんや」

　さすが、駄菓子屋のおばあちゃんだ。その眼力で神様のごとく全てを見通してしまえるのかもしれない。

「その……おばあちゃんって昔からこの場所で駄菓子屋をやってるんですよね？」

「ん？　そうやね、かれこれ五十年くらいになるわ」

　駄菓子屋のおばあちゃんは、それがどうしたと言わんばかりにゆっくり頷いた。

　五十年……それほどの間ここで駄菓子屋をしていたのなら、ひょっとしたら花純さんのこともわかるかもしれない。一縷の望みを託す。

「この子、花純さんって言うんですけど、見覚えありませんか？　小さい頃ここに住んでいたので、この駄菓子屋にもきっと来ているはずなんですけど……」

駄菓子屋のおばあちゃんは花純さんにずいっと近づいた。鼻息がかかるほどの距離でじろりと観察するので、花純さんはびくびくと瞬きを繰り返す。

「……ふん。そんなこと言うても、女なんて成長で顔も雰囲気も変わるもんやろ。あんた、その時の写真かなんか持ってないんけ」

「えっと……ありま、せん……」

申し訳なさそうに俯く花純さんに、駄菓子屋のおばあちゃんは再び「ふん」と鼻を鳴らした。

「残念やけど、さすがのアタシでもそりゃわからんね」

「そう……ですよね」

たしかに、いくら子供たちが集まるからといって、今までやって来た子供たち全員の顔と名前を覚えていられる人間なんて、なかなかいないだろう。小さい可能性でも……と思ったが、やっぱり駄菓子屋のおばあちゃんでも花純さんのことはわからなかった。

ラムネのこともちろん忘れている様子もないし、川嶋さんも駄菓子屋のおばあちゃんについて心配していることもなさそうだった。てっちゃん同様、記憶に関しても問題ないはずだ。

ぼんやり空になったラムネの瓶を眺める。窓からの光が幾重にも反射して、万華鏡のように輝いていた。幻のような美しさにうっかり吸い込まれそうになる。

——どういうことなんだろう。

縁さまの仕業でも望さまの仕業でもない。でも、黒幕の仕業だとしても、なぜ花純さんの記憶だけを奪ったのか、狙いがわからない。黒幕以外の敵の可能性もあるのかな……？　とにかく一度、戻って相談しなければ。

「そういえば、八重子」

立ち上がった私たちを駄菓子屋のおばあちゃんが呼び止めた。

「あんた、もうすぐキリコ祭りって知っとったけ？」

「ああ……！　ポスターが出ているのを見ましたよ。今年は行けるかなって、今から楽しみです」

「キリコ祭りの期間はこの商店街も盛り上がるんや。それに、田中駄菓子店のラムネは現地でも飲めるさけ、よかったら飲んでいきまっし」

「へぇー。そうなんですか」

「キリコ祭り……！」

駄菓子屋のおばあちゃんとの何気ない会話だったのに、さっきまで口数少なく座っていた花純さんが突然声を上げた。

駄菓子屋のおばあちゃんは、その表情こそ変わらないが、花純さんの変化に驚いているようだ。私たちの微妙な空気を感じ取ったのか、花純さんは慌てて口を押さえた。

「あ……ごめんなさい。なんだかその響きに聞き覚えがあるような気がして」

「その響きって、キリコ祭り?」

「そう。それって、大きなキリコを担いで歩く祭りよね? 海の中を」

「そ……うだけど……」

「懐かしい感じがするの。なぜかしら……」

幼少期にここで過ごしたなら知っていてもおかしくはないのかもしれないけど……なんだか引っかかる。二年ほどしかいなかったのに「懐かしい」という発言。それに、他にも「懐かしい」ものはあるはずなのに、キリコ祭りにだけ反応する理由。花純さんにはまだまだ謎がある。

「なぜかしらって……八重子、この花純って子は、一体……」

「え! あ、じ……じゃあ、キリコ祭りに行けばなにかわかるかもしれないよね、ね? おばあちゃん、ラムネ楽しみにしてます。じゃあ、これで」

半ば無理やり会話を終わらせ、店を出た。これ以上いたら、花純さんが記憶を失くしていることまで駄菓子屋のおばあちゃんに悟られてしまいそうだからだ。さすがに記憶関連のことはみんなに知られるわけにはいかない。

そんなに時間は経っていないと思っていたが、もう夕方に近いのか、来た時とは打って変わって商店街は買い物客で賑わっている。どこの店も接客に忙しそうで、ここでの調査は一旦終わりにするしかなさそうだ。

というより、これ以上の調査はきっと無意味だろう。花純さんの詳しい情報がわからないままでは、彼女の過去を知る人物を探すのは不可能に近い。それに、町の人々におかしなことが起こっている様子もない。完全なる手詰まりだ。

「――ごめんね。あちこち連れまわしちゃったけど、結局なにもわからなかったね……」

出口に向かう中、隣を歩く花純さんにそう話すと、彼女は私を見るなり大きくため息をついた。

「そうね。本当に無駄だったわ」

冷たい視線、冷たい言葉。今の私には花純さんのその言動が痛いほどチクチク突き刺さる。もう少しオブラートに包んでほしいところだが、本当に無駄だったというのは真実であり、ぐうの音も出ないのが正直なところだ。

こんな時、二紫名がいてくれれば、何か次の手のヒントを出してくれるのに。やっぱり私一人じゃなにもできないのだと痛感する。

「でも――」

不意に花純さんが足を止め、振り返った。つられて振り返るとちょうどアーケードの下、商店街が一望できる場所に立っていることに気づく。花純さんは賑やかな商店街を眩しそうに眺めていた。

「――でも、八重子さんが、この町がとても好きなことはよくわかったわ」

風がふわりと揺れた。花純さんの横顔が、不意に柔らかくなる。

――笑った……！

思えば、彼女の笑顔を見るのはこれが初めてだった。年齢よりずっと大人びて見えて、記憶を取り戻したいというわりにはどこか冷めている花純さん。そんな彼女でも普通の女の子みたいに笑うことがあるんだ。花純さんは笑うと幼く見えた。だけどそんな笑顔は一瞬のこと。

「……なに？　違う？」

すぐに真顔になり私をじろりと見る。

「え……ち、違わない！　そう、私……この町が大好きなんだ」

反応が遅い私を訝しむ花純さんに対し、慌ててそう答えた。

そういえば、この町のことをよく知らない人に、町のことをあれこれ紹介して回るのは今回が初めてかもしれない。

強風が難点の望さまの神社。ファンキーなおじいちゃん、てっちゃん。てっちゃんのお店「かふぇ・いいんだぁ」に、てっちゃん特製「甘海老カツサンド」。いつも元気な川嶋さん。ぶっきらぼうだけど優しい駄菓子屋のおばあちゃんに、シュワッと甘酸っぱいラムネ。

この町が、みんなが大好きで。そんな私の「大好き」の気持ちが伝わってくれて、とても嬉しい。

「えへへ……」

「なに、いきなり？　気味が悪いわ」

そ、そんな……。

やっぱり花純さんは辛辣だけど、ほんの少しだけ近づけたような気がする。彼女の記憶を取り戻してあげたいという想いが一層強まったのだった。

＊　＊　＊

「私、そろそろ帰るわね」

神社にさしかかった所で花純さんは突然そう切り出した。彼女のことだから、なんだかんだ最後まで一緒に行動すると思ったのに……読めない子だ。

連れまわした形になるのでお家の人に一度挨拶をしようと提案すると、即座に「それはいい」と断られてしまった。それどころか、ここから家まで一人で帰ると言う。

「本当に大丈夫？　お家まで送ろうか？」

「大丈夫よ、そんなに遠くはないし。じゃあ、またお願いね」

花純さんはそう言うと、踵(きびす)を返し颯爽と歩き去ってしまった。なんの未練もないといった具合に一度も振り返ることはない。本当に、最後までつれないんだから。

さて、私はというと……成果はなかったにしても、一応「調査」と銘打って歩き回ったからには結果報告をしなければならない。

二紫名から「どうせなにか食べたり飲んだりしただけで終わったのだろう。八重子は食い意地がはっているからな」などとおちょくられる未来が見えるようだけど、この際仕方ない。

太陽が傾いたといっても地面にはまだ熱気が残り、石段を一段上るたびに暑さで汗が噴き出てくる。境内に植えられた木からはわずかに蝉の声が聞こえてきていた。さながらここは夏への入り口だ。これからどんどん暑くなる予感がする。

いつも境内できゃっきゃと遊んでいるあおやみどりの姿が見えないのも、きっとバテてしまい社務所で休んでいるからだろう。

縁さまのいる拝殿に向かう前にあおやみどりの顔を見ようと、社務所に近づき中に入った。騒がしい声が聞こえないので、眠っているのかもしれない。あおとみどり、二人重なるように寝ている姿を想像し、その微笑ましさにくすっと笑みが零れた。起こさないようにと静かに部屋の引き戸に手を伸ばした、その時――。

「――はぁ!?　幽閉!?」

クロウの声が聞こえてきて、私は思わず手を引っ込めた。ユウヘイ……もしかして、幽閉のこと？　物騒な言葉に胸がドキンと鳴る。

なぜだか中に入ってはいけないような気がして、その場でじっと様子を窺うことにした。

「なんだよ、それ。そのこと八重子は知ってんのか？」

いきなり自分の名が飛び出し、驚きで声が漏れ出そうになる。

「……いや」

「なんでだよ。よくわかんねーけど……そういうのは言った方がいいんじゃないか？」

「八重子には関係のないことだ」

「そうかもしれねーけど……」

二紫名だ。二紫名の声がする。いつも通りの「八重子には関係ない」の言葉。でも……とすると、会話の内容は妖界のことに違いない。じゃあ幽閉って？　誰が？　まさか。

なんともいえない嫌な予感が渦巻いている。私の知らないところでなにが起こっているのか……。話の詳細が気になって、ドアに耳をくっつけそっと息を潜めた。心臓が自分では制御できないほど、とくとく速いリズムを打つ。嫌な予感は杞憂であってほしい。だけど、そんな私の願望は、次のクロウの言葉で儚くも打ち砕かれるのだった。

「いや、でもよぉ、やっぱ言っておくべきだと思うぜ……——里の長になると二度と人間界には戻ってこられないってことをよ」

——え……今、なんて……！

クロウの言葉を頭の中で反芻する。そんな、まさか、まさか。何度も何度も、その言葉の意味を咀嚼しようとした。

『ニドトニンゲンカイニハモドッテコラレナイ』

それは……つまり、里に戻ってしまってはもう会えないということだ。

すると突然、目の前の景色がぐらぐらと揺れだした。床の板の目がぐにゃりと歪み、目に見える全てのものがうねりだす。それは、柱につかまっていないと倒れてしまいそうなほどに激しさを増し、胃の奥から吐き気が込み上げてくるほどだった。一瞬、地震が起きたのだと思ったが、すぐにこれは眩暈（めまい）なのだと気づいた。

二度と戻ってこられない？　そんなこと、一言だって言っていなかったじゃないか。なにも知らない私は、能天気にも「二紫名が長になっちゃダメなの？」なんて言ってしまった。あの時の深刻そうな縁さまの表情は、このことを物語っていたんだ。

浅く、速くなる呼吸をもとに戻そうと、ゆっくり深呼吸を繰り返す。まだ目の奥がチカチカしているようだが、さっきよりは幾分か落ち着いた。動揺してはダメだ。こんなことだから、二紫名はきっと私にはなにも言えないのだ。

「――まだ決まったわけではないからな。決まったら……言うことになるだろう」

「そんな……そんなのって、寂しいじゃんかよ……」

――寂しいじゃんか。

クロウが私の気持ちを代弁してくれているようで、それだけが救いだった。そうだ、寂しいに決まっている。私は両手をぎゅっと握った。長になることが決まったら言うなんて、そんなのってない。だって、その時の言葉は……きっと……――。

その時のシーンがまぶたの裏に浮かんでくる。彼なら事も無げにそう言ってしまうのだろう。簡単に、すべてが終わりを告げる。

「お前にも寂しいなんて気持ちがあるのだな。順調に人間界に染まっているようでなによりだ」

「はぁっ!?　俺のことは茶化さなくていいんだよ！　……ほら、八重子が悲しむだろ？　付き合い長いからな、そういうのは見たくねーんだよ、俺は」

「……悲しむだろうか」

「なに言ってんだよ？　……前から思ってたけどさ、お前って……いや、やっぱいいわ」

「なんだというのだ。歯切れが悪い」

「いや、まぁ……っていうか、あいつがいるじゃん！　あいつに任せればいいんじゃね？」

いいことを思いついたとクロウがひと際大きな声を出した。

「あいつ……？」

「ほら、兄貴だよ、兄貴！　お前にはたしか兄貴がいただろ？　そいつに里を継いでもらえば、お前もここを離れなくて済むじゃねーか」

お兄さん？　二紫名に兄がいることなんて、初耳だった。二紫名について知っていることなどほとんどないのだということを思い知らされる。

ドアの向こうから二紫名の大きなため息が聞こえてきた。

「たしかに、俺には血の繋がった実の兄がいるな。名は『一瑠（いちる）』、兄弟子でもある」

兄弟子……つまりそれは、縁さまの弟子がもう一人いるということを意味する。でも、二紫名みたいな弟子の存在を、私は見たことはなかった。縁さまの口からもその名を聞いたことなんてない。

「じゃあ――」

「だが」

二紫名がクロウの言葉をぴしゃりと制止した。その響きはどこか冷たい。

「だが、それも過去の話だ。兄はある日を境に鈴ノ守を去った」

怒ったような声色。その場でその顔を見ていなくても、背筋がゾクリとした。よっぽどのことが起こったのだろう。私には想像すらできないくらいの。

「いや、まぁ……一旦探し出してさ、事情を説明くらいはしてもいいんじゃねーの？　案外わだかまりなく引き受けてくれるかもしんねぇだろ？」

「それはあり得ないな」

「な、なんでだよ」

「奴は……一瑠は……」

二紫名はゆっくりと息を吐き出した。そして、

「――おそらく、あの冬の……一連の事件の黒幕なのだ」

この世のすべての悲しみを吐き出すかのように、そう呟いた。

その言葉はずっしりと重く、クロウも私もその意味を素直に受け取るまでにしばらく時間がかかった。その静けさは、まるで時が止まったみたいだった。

「え……黒幕って……お前……！」

ようやく口を開いたクロウの言葉の端々からは、彼の激しい動揺が感じ取れた。でもそれは当たり前のことだった。だって、いきなり黒幕が実のお兄さんでした、なんて、そんなこと誰が受け入れられるというのか。

「いやいやいや……実の兄貴があんなことしたって言うのかよ。あんな……真白を遣って町

「理由なんて簡単だ。奴は俺のことを恨んでいる。恨んでいるからこそ、縁さまの力を奪い、その力で俺へ復讐しようと企てているのだ」

「お、お前……マジで言ってんのかよ……」

「………ああ」

「ゆ、縁は？　そのこと知ってて……？」

「縁さまは全て把握している」

あまりの衝撃に言葉が出ない。お兄さんが二紫名を恨んでいて、しかも復讐しようと企てている……なんて。普通だったらとてもじゃないけど考えられないけど、二紫名のことだ、きっと確信があるに違いない。じゃあ、本当に……？

浮かんでくるのは悲しみだった。私には兄弟はいないけど、家族がもし自分を恨んでいたら……ううん、そんなこと考えたくもない。みんな優しくて、温かくて、そういうものが家族だと……それが当たり前だと思っていた。だけど、二紫名にとってみれば家族が自分を愛してくれるということは当たり前じゃなかったんだ。それがどんなに悲しいことか。

そういえば、と思い当たる節がある。あおとみどり、名前のない彼らの面倒を二紫名一人で見ていた理由。クロウの住処がなくなると知り、なんの躊躇もなく神社に来る提案を受け入れた理由。そして……私が失くした祖母の記憶を一緒になって取り戻してくれた理由。今ならなんとなくわかる気がした。

「とにかく、だ。この話も里の話もいずれわかる時がくる。それまで八重子にはなにも話すな。それに黒幕についてはこれまで通りの扱いで構わない。俺の兄だからと変な気を遣うなよ」

二紫名の刺すような冷たい言葉に胸がきゅうと締め付けられる。私だって……私だって二紫名の力になりたい。私にも弱音を吐いてほしい。頼ってほしい。たとえ私には、彼の悩みを解決する力がなくっても。それでも、そんな風に思うのはおかしいだろうか。

今日ほど自分が無力で、幼くて……そして人間であることを悔いたことはない。私が人間じゃなかったら、彼らと同じ妖だったら、なにか変わったかもしれないのに。力になれたかもしれないのに。

「……ああ、わかっ――」

――ガチャンッ!!

「なんだ……!?」

「お、おいっ、二紫名!」

クロウが返事をすると同時に、室内でなにかが割れる音がした。そしてすぐに二人の慌てたような声が続く。そのあまりの激しさに、体がビクンと跳ねる。社務所には割れるようなものなんてなかった。だとしたら……。

ただごとではないと思い、隠れていたことも忘れて戸に手をかけた。

「どうしたの!?」

勢いよく戸を開ける。まず目に飛び込んできたのは、大きく割れた障子ガラス。壁には鋭利な刃物で切られたような跡がたくさん付いている。荒れた室内には、緊張感を漂わせた二紫名とクロウの姿があった。二人の着物はところどころ破れているものの、一見すると大きな怪我は見当たらない。でも、敵はどこに？

これだけ派手に暴れたのだ、どこかに攻撃を仕掛けた敵がいるはずなのだけど。室内を隈なく探すが、敵の姿はない。

「二人とも……大丈夫、なの？」

「ばかっ、八重子！　伏せろ！」

「え……」

クロウが大きく叫んだ。私に向かってなにか小さいものが勢いよく飛んできているのが見えたが、突然のことで体が反応しない。このままじゃぶつかる——！

「八重子！」

誰かに呼ばれたと思ったら、体に衝撃が走る。でもこれは、そのなにかが当たったからではない。押されたのだとわかった次の瞬間には、私の体は畳に伏せっていた。僅かながらの重みと金木犀の香りに包まれる。誰かが私に覆いかぶさっている——？

「……無事か」

耳元で低い声がした。二紫名、だ。顔は見えないが、彼の腕が私の目の前に見える。袖口がはだけて、いつもは見えない彼の白い腕があらわになっていた。引き締まった筋肉に、浮き出た青白い血管。なんだか意識しちゃうじゃないか。

私に体重をかけないよう腕をついて守ってくれている体勢を想像すると、たちまち頬が熱くなる。状況が状況なだけに「早くどいて」とも言えないし……どうしよう。

「阿呆、なぜいきなり入ってきたのだ。危ないことはわかるだろう？」

「う……あの……ごめんなさい……」

「まったく、八重子は……」

呆れているのか怒っているのか、ため息交じりのつっけんどんな台詞。けれど、その声色は優しく、甘い。心なしかぎゅっとされているような気までしてきた。こんなこと考えている場合じゃないのに、私ときたら。

「あ、の、二紫名……？」

「……まぁ、そのおかげで捕まえることができたがな」

二紫名がスッと離れたので、急に心にぽっかり穴が空いたようだった。慌てて私も立ち上がるが、いまだに心臓がドキドキしている。

「つ、捕まえたって？」

動揺を誤魔化すように話す。自分で言っておいてなんだが、「捕まえた」の意味がわからないのは本当だった。だって、いまだにどこにも敵の姿が見えないのだから。

「敵を捕まえたのだ」

「どういう意味？」

「――むぎゃーむぎゃー」

そう、むぎゃーむぎゃーと言われたってわからない。……むぎゃーむぎゃー？　不可思議な声にハッとした。二紫名でも、クロウでもないこの声は一体？

「は、なせっ……スッ……」

声の出どころは……二紫名の握りこぶしの中だ。こんな狭い中になにがいるというのか。じっと見ていると、二紫名の指の隙間からぴょこんと小さな頭が飛び出した。

「オイ、おまえらっ！　オイラをこんな目に遭わせてただじゃおかねーッスよ！」

真っ赤なふわふわな髪に、頭から生えた角が二本。手のひらサイズの小さな体を目一杯震わせ、こちらをギロリと思い切り睨みつけてくる。その姿はなんて……なんて……。

「なんて可愛いのっ！」

思わず叫んで二紫名の手にぐいっと近づく。私の反応が意外だったのか、その小さな子はぎょっと目を見張っている。

「な、なにするッスか！　に、人間⁉」

「こんにちは、あなたは小鬼さん？」

「に、人間の分際でオイラに気軽に話しかけるなッス！」

口では強気なことを言っているが、頑張って二紫名の手から抜け出そうと試みるも一向に抜けられないところが、また健気でいじらしい。

「八重子……あまり近づくな。襲ってきた妖なのだぞ」

「あ……そうか」

こんなに小さくて可愛らしくても妖は妖。窓を突き破って侵入し、この部屋を滅茶苦茶に荒らしたのはこの子なんだ。でも、つい見た目に引っ張られて気が緩んでしまう。

「くっそぉ……よってたかってオイラのこと馬鹿にして！　……このやろっス！」

自身の髪と同じように顔を真っ赤にした小鬼が、いきなり右手を振りかざした。

「──っ！」

一瞬のことでなにが起こったのかわからなかった。二紫名の顔が僅かに歪む。その隙に小鬼は二紫名の手からするりと抜け出してしまった。

「へっへーん、オイラを捕まえてみろッス」

得意げにそう言うと、部屋中をものすごい勢いで移動し始めた。四方八方飛び回り、目で追おうとしても私の目なんかじゃ追いきれず、微かに残像が見えるだけだ。

彼が目指すのは開け放たれた窓の外。このままじゃ逃げられてしまう……！

「にゃろう……なめんなっ！」

と、その時、いち早く私の前に身を乗り出したのはクロウだった。パンッと手を合わせた瞬間、竜巻のような風が巻き起こり、彼の姿が見えなくなる。びゅんびゅん風を切る音だけが響き、そのあまりの激しさに私は飛ばされないよう必死に二紫名の着物の袖を掴む。

「烏天狗の俺様に速さで勝てると思うなよ」

風がやみ次に彼が姿を現した時には、その手になにかが握られているようだった。

「よくやった、クロウ」

二紫名が手をかざしたかと思うと、クロウの手元に小さなシャボン玉のような球体が現れた。その中に先ほどの小鬼が不貞腐れた表情で収まっているのがはっきり見て取れる。妖の力が込められているからか、小鬼がいくらガンガン叩いてもびくともしない。

よかった……どうなることかと思ったけど、今度こそ本当に捕まえられたんだ。

「おいおい、こんな小物に逃げられてどうすんだよ、二紫名」

クロウは口では不満の言葉を吐くが、二紫名より活躍できて相当嬉しいのだろう、口元が緩んでしまっている。そして二紫名はというと……。

「油断した……な」

クロウに言い返すわけでもなく、ただ自身の手をじっと見つめていた。

「どうしたの……？」

その手はさっきまで小鬼を握っていた方の手だ。そういえば、小鬼が手から逃げ出した時、二紫名の表情に異変を感じた気がするが。

「いや、なんでもない」

そう言ってあからさまに隠すので、気になった私は二紫名の背後に素早く回り込み、彼の手を取った。

「離せ、八重子」

「もう、隠さないで！　なにかあったんでしょ……う……」

一目見てぎょっとした。白い手の親指の根本あたりに、真っ赤な血が滴っていたのだ。それはパタタと畳に散っていく。そんなに酷い怪我ではないが、白と赤のコントラストに驚いて言葉が出ない。なにより、あの二紫名が怪我をしたという事実が俄かには信じられなかったのだ。

「……たいした怪我ではない。ひっかかれただけだ」

「た、たいした怪我じゃないかもしれないけど……血が出てるよ。手当しなきゃ！」

ポケットに絆創膏を入れていたことを思い出し、取り出した。絆創膏しかないけど、なにもしないよりはマシだろう。

彼の手に慎重に貼っていく。私から二紫名に触れるということが今までなかなかなかったので、緊張してしまい、震えを抑えるのに必死だった。不器用なことも相まって完成した手当はなんとも不格好なものになってしまった。

「みなさん、今の音は⁉」

バタバタと足音が聞こえてきたと思ったら、真白さんが顔を出した。急いで来たようで息が切れている。彼女は部屋をぐるり見回して顔をサッと青く染めた。

「まぁこれは……なんて酷い！　みなさんお怪我はありませんでした？」

「え……と、それが……」

私が説明するより先に、真白さんはなにかに気づいたようだった。

「あら、二紫名さん！　その手のお怪我は……」

――あ、それは。

真白さんは、さっき私が手当をした手をじっと見ている。

「あの……差し出がましいようですが、私が手当しなおしましょうか？」

やっぱり……。私がした手当は、誰がどう見ても不格好だったのだ。きっと真白さんはあの手当を二紫名本人がしたものだと思ったに違いない。

「そ、そうだね。二紫名、もっとちゃんと手当してもらった方がいい――」

「いや」

提案しようと、そう思ったのに。二紫名は私の言葉を制止すると、静かにぽつりと零すように笑った。

「――これでいい。これが、いいのだ」

そんな顔でそんなことを言うから。みんなの前だというのに勝手に体温が上がっていって、赤くなる顔を隠せそうもない。最近不意に、らしくない二紫名が現れるもんだから、調子が狂って仕方ない。もうこれ以上ドキドキさせないでほしいよ。

「そうですか……？　八重子さんは……」

次は私の番だと、真白さんが私に向き直る。そのまま「あら？」と首を傾げた。

「少し顔が赤いようですけど、なにかされました？　それともお熱が――」

頬やおでこを次々触れられドキッとした。二紫名のせいです、なんて言えるわけがない。

「だ、だ、だ、だ、大丈夫！　なんでもないの！」

慌てて首をぶんぶん横に振ると、真白さんは不思議そうに「そうですか」と呟いて、またみんなの方を振り向いた。

「さて。現状についてまとめましょう。そこにいる小鬼がいきなりやってきて暴れだした……で間違いありませんか？」

真白さんが神妙な面持ちで小鬼が閉じ込められている泡を指さした。

「ああ……」

「また黒幕が仕向けた手先でしょうか？　それにしては力の弱い妖のようですが」

真白さんの言葉に泡の中の小鬼が「キィー」と声を荒らげる。どうやら「力の弱い妖」というのは本当らしい。

「手先……という可能性はあるな。ただ手先だとしたら、真白の時のように妖の匂いを消して来なかったのが不可解だ。それにいきなり敵の本拠地に乗り込んでくるなんて無謀にもほどがある」

そう言ったきり黙り込む二紫名の代わりに、クロウが口を開いた。

「っだー！　もう、直接聞きゃあいいじゃん」

しびれを切らしたクロウは、小鬼のいる泡をガッと掴んで勢いよく引き寄せた。中にいる小鬼を間近で睨みつける。

「おい、おまえ。なんのためにここを襲ったんだよ。誰かに指示されたのか？」

「…………」

小鬼はクロウに向かって大きく「あっかんべー」をしてみせた。当たり前だけど素直に吐き出すほど簡単ではない。クロウはそんな小鬼の様子に「生意気なやつ！」と地団駄を踏んで怒っている。

私はクロウを差し置いてもう一度部屋の中を観察してみた。部屋は滅茶苦茶に荒れてはいるものの、それ以外に変わったことはない。暴れたといっても私たちに攻撃らしい攻撃はしてこなかった。しいて言えば二紫名の手の傷ぐらいしか思いつかないけど、それも彼が逃げるために付けたようなものだ。だとすると小鬼はなんの目的があってここを襲ったんだろう。

そこまで考えてハッとした。そもそも、小鬼はどうやってここに来たというのか。

「ねぇ、この神社は結界で守られてるって話だったのにどうして小鬼は簡単に入ってこれたの？　もしかして……」

本来、鈴ノ守神社は縁さまの結界で守られているはずだ。それなのに、来るはずのない妖が社務所という妖たちに近い空間にまで入ってきたのだ。それが意味することは、ただ一つ。

「……そうだ。縁さまは我々が思っている以上に力を制御されているということだ。もしかしたら小鬼は、俺たちに危害を加えるために送り込まれたわけではなく、鈴ノ守に侵入できるかどうかを見定めるための囮なのかもしれないな」

「じゃ、じゃあ、鈴ノ守に入れると知った黒幕は――」

「直接ここにやって来るかもしれない」

そんな――！

「ど、どうしよう二紫――」

「ちょうどいいじゃねぇか」

「そうですね。迎え撃ちましょう！」

焦る私とは裏腹に、クロウと真白さんがやる気に満ちた瞳で二紫名を見た。二紫名はゆっくり息を吐くと、割れた窓の外、空の遠いところを見つめて口を開く。

「……ひとまず、小鬼は閉じ込めておけ。あとのことは縁さまに要相談、だ」

二紫名につられてふと外に目をやった。空は紫とオレンジが混じったような、なんとも言えない色をしていた。山の向こうから重く暗い雲がこちらに迫っているのがわかる。どこか不穏で気味が悪い。なんとも嫌な予感が身体中を這うように広がっていく。

本当に、小鬼は囮のためだけにやって来たんだろうか。私はまたなにかを見落としているような気がする。

花純の記憶、狐の里の長のこと、小鬼の襲来、そして……黒幕が二紫名のお兄さんだということ。立て続けに起きた出来事たちが、私の頭の中でぐるぐると、延々に動くメリーゴーランドのように回り続けていた。

参　二紫名の異変

『――いよいよ来週末、キリコ祭りが開催されるということで、地元の住民は大いに盛り上がっているようです。さて、肝心の来週の天気ですが……』

時折ガウンガウンとおかしな音を立てる古びたエアコンからは、冷たいとは言い難い風が絶えず吹き続けている。その風を背中で受けながら、私は、机に突っ伏して焦点の合わない目でぼんやりその木目を眺めていた。

小鬼が現れてから特になにも起こることなく一週間が過ぎてしまった。黒幕がやってくるかもしれない、と日々気を張り詰めて過ごしてきたが、こうなにもないと、私の体が炭酸の抜けたラムネのように腑抜けてしまうのも無理はない。

小鬼について縁さまに会って伝えたものの、やっぱり……と言うべきか、ケロリとした様子で「気にしなくていいんじゃない？」と言われてしまった。力のない妖がどれだけ来ようと二紫名たちがいれば大丈夫だから、と。

たしかにそうかもしれないけど……でも、問題はそこじゃないと思うんだよなぁ。

それに、当初の目的であった花純さんの記憶探しも暗礁に乗り上げていた。……まぁ、それは、私のせいでもあるんだけど。

ふぅ、と今日一番大きなため息をついたら前髪がぷわっと浮かび上がった。視線を感じふと顔を上げると、母が麦茶の入ったグラスを片手に微笑んでいる。

「やっちゃんが休日に家にいるなんて珍しいわね〜。夏バテ？」

「そんなんじゃないけど……」

手渡された麦茶をちびっと飲む。思いのほか冷たくて喉がきゅっと狭まる。

「来週はキリコ祭りね。行くんでしょう？」

「う……ん、まぁ、そのつもり」

そういえば、それどころじゃない騒ぎが起きてすっかり頭から消え去っていたが、キリコ祭りに行くのを楽しみにしていたんだった。そうか、もう来週なんだ。こんな気分のまま行く気にはなれそうもないけど、小町や昴と約束をしているので行くしかなさそうだ。できることなら、祭りの日までにすべてが解決してほしい。

「お、なんだ行くのか。その……もちろん女の子と行くんだよなぁ？」

隣の和室で横になっていた父がのっそり起き上がり、こちらを覗く。

「やぁだ、お父さん。そんな野暮なこと聞いちゃダメよぉ」

「や……野暮なことって！　……まぁ、なんだ。もし男の子と行くんなら、ちゃんと父さんに言……――」

「ああ、ハイハイ」

母はそっけなく言うと、和室のふすまをパタンと閉めてしまった。ふすまの向こうで父の嘆く声がする。ひどい仕打ちのように見えるが、これでも父が能登で暮らすようになって一番喜んでいるのは母だった。

母は笑顔のまま私に近づくと、

「お父さんね、毎日やっちゃんが放課後に誰となにをしているのか気になって仕方ないみたいよ」

と耳打ちしてきた。もちろん妖のことは話していないので、「あはは」と形だけの微笑みを返すことしかできない。

「じゃあ浴衣用意しなくちゃね」なんて鼻歌を歌いながら台所へと戻っていった母を尻目に、私は残りの麦茶をぐいっと飲み干した。お茶より今は、炭酸で気合を入れなおしたい気分だ。特にすることもないので、田中駄菓子店でラムネを買おうと重い腰を上げた。

まだ早い時間だというのに、外はうだるような暑さだった。澄み渡った空に入道雲が沸き立つ。遠くに連なる山々が、今朝はくっきりとその輪郭を浮かび上がらせていた。私は、泳ぐようにたなびく稲を眺めながら、誰もいない歩道を一人歩く。この静けさが、今日はやけに寂しく感じる。

できればこのまま、なにも起きないでほしい。もう既に花純さんの記憶が失くなっていて、その調査までお願いされているのに、こんなことを思うなんて私は卑怯だ。でも、先日の二紫名の言葉を聞いてからというもの、その調査にいまいち乗り気になれないでいた。

その証拠に、花純さんに会わないように昼間神社に行くのを避けてしまっている。夕方――この前花純さんが「帰る」と言ったくらいの時間から夜ご飯の時間までの短い間に顔を出すようにしているので、あおやみどりからは盛大なブーイングをくらう羽目になった。

それもこれも、みんなあの言葉のせいだ。――黒幕が二紫名のお兄さんで、本当の目的が二紫名への復讐だという、あの言葉。

花純さんの記憶は、恐らく黒幕がその在処の鍵を握っている。花純さんの記憶を取り戻すということは、黒幕と接触しなければならないということで、黒幕と接触するということは、それは即ち二紫名が危険な目に遭うということでもある。

私は二紫名にこれ以上危険を冒してほしくないのだ。ましてや「死」なんて、そんなこと考えたくもない。でも、だからといって、私にどうこうできる話でもない。そもそも、私には話してもくれないことだ。

だから……できればこのままで。なにも起きなければ、二紫名を失うこともない。私は狡い。

胸がチリッとして、それを誤魔化すために道端の小石を蹴った。小石はころころ転がって、側溝の中へ吸い込まれていく。

「……っちゃん……！」

トプンという水音と誰かが叫ぶ声がしたのは、ほぼ同時だった。顔を上げると向こう側から誰かが駆けてくるのが目に入る。

昴だ。体育の授業でも見たことのないくらいの必死な形相で、あっという間に私の所までやってきた。

「や、やっちゃ……ん……」

走ることに慣れていない昴はやっとのことで私の名を呟くと、膝に手を置き、今まで溺れていたかのように苦しそうに肩で息を繰り返す。

あの、いつも冷静な昴がここまで乱れるなんて。ただごとではない雰囲気に、理由が気になって仕方ない。昴が焦る原因はだいたい小町関係だけど……その小町の家は神社の向こう側だし、この先にある昴が行きそうな場所といえば、私の家くらいしか思いつかないのだ。

「昴、そんなに急いでどうしたの？　どこかに行くの？」

いつまで経ってもなにも言わない昴に焦れた私は、先をせっついた。ようやく呼吸を整えた昴は、血の気の失せた顔で私を見る。

「や、やっちゃん、今どこに行こうとしてた？」

「えっ？」

まさかの質問返しに、言葉に詰まる。私が行く場所がなんでそんなに気になるというのか。

「えっと、駄菓……――」

「今、神社には近づかん方がいいよ！」

「え……は、あ？」

食い気味に言葉を発する昴の瞳はいたって真剣で、ふざけているようには見えない。神社に行ってはいけないって、どういうこと？

「さっき二紫名さんが突然苦しみだして……俺……うまく言えないけど、なにかよくないものを感じるげん。だから、危ないから、やっちゃんは――」

――二紫名！

その名を聞いた途端、頭が真っ白になった。呼吸は乱れ、体の奥底から焦燥感がせり上がって来る。二紫名になにかあったなんて、そんな、そんな――。

「やっちゃん……！」

気づいたら走り出していた。背中から昴の必死な叫び声が聞こえてくる。でも、そんなの構っていられなかった。

黒幕がやってきてしまったんだと、瞬時に悟る。こんなことならずっと神社にいればよかった。二紫名から片時も離れなければよかったのだ。そんなこと考えても仕方ないのに。

いつもの道のりが今日はとりわけ長く感じる。どれだけ足を動かしても、一向に神社に着いてはくれない。硬い、アスファルトの感覚が足裏に響く。天高く伸びる石段を上りきった時には肺が焼けるように痛くなっていた。とにかくどうか……どうか無事でいてほしい……！

「二紫名！」

社務所の戸を思い切り開ける。つい先日、「阿呆、なぜいきなり入ってきたのだ」と言われたばかりだが、この非常事態にそんなことを気にしていられない。たとえ黒幕がいようと構わなかった。

「きゃあ。やえちゃんなのー！」

「なのー！」

が、しかし。

私に向かってきたのは黒幕の攻撃ではなかった。見慣れた双子の狛犬が、ぴょんと飛びついてきて、私の体は思い切りバウンドする。これは一体？

「は……あ？　八重子？」

そこへクロウが何食わぬ顔で現れた。私を見るなりきょとんと目を丸くする。殺気立っていることもないし、その手に持っているものは禍々しい武器……ではなく、近所の銘菓、いも菓子だった。クロウはそれを、ひょいと口に放り入れた。

「最近この時間に来ねぇじゃん。どうしたんだよ」

「ど、どうしたって……」

ゆっくり辺りを見回してみると、どうやら私の早とちりだったような気がしなくもない。小鬼の暴れた形跡はまだ残ってはいるものの、室内はあおとみどりの遊具がばら蒔かれている以外は比較的整理整頓されていて綺麗だった。さっきまで黒幕と戦っていたとはとてもじゃないけど思えない。

「あの……二紫名の様子が変だって聞いて……」

そう言いながら二紫名の姿を探す。社務所にいるのはあおとみどり、それからクロウのみ。二紫名は？　二紫名がどこにもいない。

「ま、まさか黒幕に連れ去られたとか⁉」

「はぁ？　なーに言ってんだよ」

クロウは心底意味がわからないといった具合に眉を寄せ、首を傾げた。昴同様、こちらもふざけている様子はない。

「んん？　えーと……？」

昴は「危ない」と言っていたけど実際はなにも起こってなさそうで……。状況が飲み込めない私は、クロウに視線を投げかけた。それに対し、クロウはやや面倒くさそうに口を開く。

「二紫名ならさっき頭痛がするとかで苦しそうだったけど……」

「えっ！」

「――でもすぐに治って、そのあとケロッとしていたぞ。今だってエラソーに俺らに『社務所の掃除をしておけ』なんて命令してさ。だいたいさー、前から思ってたんだけど、アイツって俺より年下じゃね？　俺なんか数百年生きてんだけど、縁の弟子だからってそんなに偉いわけ？　納得いかねー」

最後の方はぶつぶつ言っていて聞こえなかったけど、「すぐに治って」という言葉はハッキリ耳に入ってきた。

「そ……っか……」

なんだ。昴が「よくないものを感じる」なんて脅かすから勢いで来ちゃったけど、たいしたことはなさそうでよかった。ホッと胸をなでおろす。そうとわかれば長居は無用だ。花純さんに出くわす前に帰らなければ。

「無事ならそれでいいんだ。また後で来るね」

「えー？　やえちゃん帰っちゃうのー？」

「のー？」

「ごめんね、また後で遊ぼうね」

目一杯頬を膨らませるあおとみどりの頭をくしゃっと撫でて、社務所を後にしようとくるり方向転換したら——。

「うっ……！」

なにかに思い切りぶつかった。鼻の頭を押さえて視線を上げると、そこには探していた人物、二紫名がいた。

相変わらずの仏頂面で私を見下ろしている。クロウの言っていた通り、目立った怪我もなく普段通りに見える。この目で無事を確認できて、気持ちがスーッと楽になった。

「な、なぁんだ二紫名、元気そうじゃん」

あははと笑いながら二紫名の腕を触ろうとした瞬間、彼の目がカッと見開いた。そして。

「……なんだ」

「えっ……」

私の腕は、二紫名に辿り着く前に彼の手によって掴まれてしまったのだ。

「い、痛……っ」

しかも、その力は意外と強く、私の腕はきりきりと悲鳴を上げる。

そりゃあたしかに、いきなり触れようとしたのは悪かったと思うけど、今まで一度だって二紫名が私を乱暴に扱うことはなかったのに。私、なにか怒らせるようなことしたっけ……。

「ど、どうしちゃったの、二紫名？」

不安な気持ちを隠すように、無理に笑顔を作ってみせた。ぴくりぴくりと頬が引きつる。

けれど二紫名は、あの「ニヤリ顔」さえ見せることなく、しっかり手を掴んだまま私の目を無言でじっと見ていた。

それは、優しい見守るような目ではなく、どこか冷めた、感情のない目だ。その目に見つめられてゾクリとした。

……違う。私の知っている二紫名じゃない。

「に……し、な……」

「クロウ、あお、みどり」

私の言葉は聞こえていないのか、今度は私なんかを見向きもせずに、クロウたちに呼びかける。さすがのクロウも、私に対する二紫名の態度で異変が起こっていることを感じ始めているようだった。

「あー……おい、二紫名？」

「この女は誰だ」

——え……。

彼がそう言った途端、この世から音という概念がなくなってしまったみたいに辺りが急に静かになった。もしかしたら時すらも止まってしまったのかもしれない。そう錯覚するくらい、目に見えるものすべてが色褪せて見えた。

聞き間違いだろうか。二紫名の口から、予想だにしない言葉が飛び出てきた。聞き間違い……であってほしい。

「おいおい……その冗談、さすがの俺でも笑えねぇぞ」

「冗談ではない。なぜこの場所に知らない人間がいるのだ。誰であっても社務所には入れてはいけないと日頃から言っているだろう？」

「え……いやまぁ、そうだけどさ……八重子だぜ？」

「やえこ………」

ボソリと呟くと、二紫名はようやく私を見てくれた。

「ね、え、二紫名……私だよ、八重子。私の記憶を取り戻す手伝いをしてくれたじゃない。ほら、黒幕が町の人の記憶を昴の中に隠した時も一緒に頑張ったよね？」

これは冗談かなにかだよね？　二紫名にまた笑ってほしくて、私は縋るような気持ちで彼を見つめ返した。だけど。

「知らないな。それに『黒幕』……とはなんだ？　ふざけるなら今すぐ出ていけ」

彼は冷たくそう突き放すと、私の腕をぐいっと引っ張った。そのまま廊下にトンッと押し出されてしまう。その手つきが拒絶を表していることは明確だった。再び触れた廊下の冷たさが、足裏を刺す。

「二紫名――？　おぼっちゃんよぉ。そんな意地の悪いこと言ってっと、俺が契り交わしちゃうぞ？　いいのかよ」

「なにを言っているのだ。お前には真白がいるだろう」

「ま……っ！　真白はそんなんじゃねーって！　……って違う、俺が言いたいのは――」

二人の言い合う声が遠くなっていく。拒絶されたという事実が私を絶望へと突き落とす。

なんで？　なんで、二紫名……。

「――西名さん！　……いいえ、二紫名！」

するると、突如として二紫名を呼ぶ声が廊下に反響した。聞き覚えのある声だけど、俄かには信じられなかった。だって彼女は二紫名のことを「二紫名」なんて呼ぶはずはないのだから。それ以前に、そもそも二紫名のことを認識しているのかすら疑問なほど、二人には接点はなかったはずだ。それが、どうして……。

信じられなくて。でも、入り口からずんずん歩いてくる彼女の姿に、信じざるを得ない。

「私……思い出したの。私のこと、そして、私たちのこと！」

こちらに一度も目をやることなく、花純さんは私を押しのけて室内に入っていった。いや、私だけではない。クロウやあお、みどりも彼女の眼中にはないのだろう。花純さんが見ているのは、二紫名ただ一人。

「二紫名も……覚えているでしょう？」

「……………うっ！」

二紫名は花純さんの姿を見るなり急に頭を押さえだした。苦しそうに大きく顔を顰めるが、それでも柱にもたれかかるようにしてなんとか花純さんの方へ向き直った。

見つめ合う二人の間に、なにか特別な空気が生まれたのを感じる。

「私たち、大切な約束をしていたの。そうでしょう？　二紫名」

――大切な約束。

なぜだろう、胸がざわめく。私はこの先を聞きたくない。必死に耳を押さえてみたものの、そんなことは意味がないとわかっていた。無情にも、二紫名の低い声が響く。

「――か、す、み……かすみ……花純」

二紫名も、もはや花純さんのことしか目に入っていないようだった。

やめて、やめて、やめて。そんな優しい声で花純さんの名を呼ばないで。

「思い出した。花純……おまえが俺の……」

彼女の瞳からは絶えず涙が零れ出ていた。これは演技なんかじゃないんだ。

それでも私は、目の前でなにが起こっているのか理解できなかった。これが現実なんてとてもじゃないけど思えない。思いたくない。二紫名は花純さんのところまで駆け寄ると、彼女をふわりと抱き上げたのだ。見たこともないような、優しい笑みを浮かべて。

「なぁ……どういうことだよ。説明してくれねーとわかんないぞ」

　私の代わりに、クロウが二人に訊ねた。

「花純と俺は昔、この地で出会っていたのだ」

「……はぁ？」

「そうなの！　信じられないかもしれないけれど……私、全て思い出したの。この町に住んでいた時、二紫名と出会ってそして……燃えるような太陽の下、私たちは結婚の約束をしたのよ」

　——そんな！

　雷で全身を撃ち抜かれたような衝撃が駆け巡る。二紫名と出会った？　結婚の約束をした？　それは……全部私の取り戻した記憶と一緒じゃないか。

　グラグラと足元が崩れ去っていく。自分が立っているのか浮かんでいるのかもわからない。

「えー……と、つまり……花純は記憶を取り戻し、二紫名は嫁を見つけてめでたしめでたしってヤツ……なのか？」

　当然クロウはその当時のことは知らないので、二人が話すことを信じるしかない。それに、二人ともに共通する記憶ということは、その記憶は疑いようのない事実なのだろう。それが事実……だとしたら——。

「そういうことになるわね。妖のことも、当然理解しているわ。改めてよろしくね、烏天狗のクロウ。そして狛犬のあおちゃん、みどりちゃん」

花純さんの差し出した手をクロウは恐る恐る握った。あおとみどりも、「きゃあ」と尻尾を振りながら花純さんに飛びかかる。たちまち、わいわいと楽しそうな光景が広がった。

――なんて馬鹿なんだろう。

幸せそうなみんなの姿がどんどん滲んでぼやけていく。まるで私だけ水槽の中の魚になったみたいだ。見える景色で溺れてしまいそうだった。息ができなくて、苦しくて、叫びだしたくて。だけど私のそんな声を、いつもいち早く聞きつけてくれた二紫名は、もういないんだ。

つまり、私が過去に経験したと思っていた記憶はただの思い込みで、私は二紫名と結婚の約束なんかしていなかったのだ。すべては私の願望が見せたまやかし。

二紫名は本当の婚約者を見つけて、私のことなんか用済みになったのだろう。記憶から消し去るほど……。彼にとって私の存在は邪魔になってしまったのだ。そのことが私の胸をひどく締め付ける。

震える手でそうっと戸を閉める。もう誰も私のことなんか見ていないから、私がいなくなることに気づかないだろう。濡れた頬を手で拭う気力もわかない。こんな気持ちで明日からどうやって過ごせばいいのか。もう社務所(あの場所)には行けそうもない。私の大切な居場所だったのに……――。

「……えこ」

微かに声が聞こえた気がしてハッとした。ここはどこだろう。夢うつつで歩き続け、途中バスに揺られたような気がするが、記憶がおぼろげだ。気づいたらベンチに腰かけていた。

頭上には目が覚めるような美しい朱色の空が広がり、カラスの群れがその存在を誇示しながら山へと帰っていく姿が見える。優しい風が、慰めるように頬を撫でる。

遠くまで芝が広がるこの景色には見覚えがあった。そうか、つい先日来た、椿の森公園じゃないか。

「八重子」

誰かが私の名を呼んでいる。背中にふわりと金木犀の香りを感じ、心臓が高鳴った。この香りは……。

理由はわからないけど、やっぱりあれは全員がグルになった、ただのおふざけだったのだ。だって、そうでしょう？　こうして迎えに来てくれるということは、それ以外に考えられない。

喜びを抑えられなくて恥じらうことなく満面の笑顔で振り返る。

「にし――」

「やっぱりあなたは八重子、ですね」

――だけど。そこにいたのは二紫名……ではなかった。銀の長い髪をなびかせて立つ人物は、緋色の瞳をこちら側に向け静かに微笑んでいる。

「え……あなたは……」

カラン、となにかが地面に当たり、転がる音がした。と思ったら、それがなにか確認する間もなく、私は彼によって抱きしめられた。彼――ここで出会った、あの盲目の美しい人に。

「あ、の、ちょっと……」

まだ混乱しているものの、なんとか彼の胸を突き放した。

「ああ、突然すみません。あなたが泣いているような気がして……思わず」

「いえ、あの、いいんです……」

……二紫名じゃなかった。

金木犀の香りで、二紫名だと勘違いをしてしまった自分が恥ずかしい。そして、二紫名が来てくれるだろうと期待してしまったことも……。

来るはずなんかないのに。最後に見た二紫名の、あの私に対する無関心の瞳を覚えているのに、そんな浅はかな期待をしてしまった自分が信じられなかった。

今だけは彼が盲目なことが救いだ。あからさまに落胆した、この表情を取り繕う必要はないのだから。

「八重子……、やはり泣いていたのですね」

「え……――」

なんでわかったのだろう。返事に戸惑う私に、彼はクスリと笑みを零す。

「いえ、あなたの声が普段より濡れているので。……なにかあったのですか？　優しいあなたが泣くなんて、そんなことがあっていいわけがないのに」

そう言って袂からハンカチを取り出し、そっと私の頬にあてた。たちまちふわりと金木犀の香りが漂う。この匂い……――そうか、さっきはハンカチ（これ）のせいで彼を二紫名だと思い込んでしまったのだ。

彼の温かさについ気を許してしまいそうになる。この人は見ず知らずの赤の他人であり、私の事情にはなにも関係ないというのに。

「……よく知らない方に話すような話ではないので」

「ああ、そうか。まだ自己紹介をしていませんでしたね。私の名はハジメ。ハジメと呼んでください。先日助けていただいたお礼に、あなたの力になりたい。……それじゃあ、いけませんか？」

そう言われてしまうと、困る。

今こうしてよく見ても、目の色も顔立ちも声だって違う。共通しているのは長い髪と着物姿というところだけ。なのに、どうしてだか彼が二紫名の姿と重なって見えてしまう。根本的な雰囲気が似ているのかも。

もう一度、その優しさに触れたくて、包まれたくて。今日だけは……この人に甘えてもいいだろうか……。目の前につり下がった細い糸に、つい、手を伸ばしてしまった。

「あの……ハジメさん。例えば、なんですけど、もしあなたの大切な人があなたのことを忘れてしまったら……どうしますか？」

「忘れてしまったら……ですか？」

彼は「そうですね」と言って顎に手をあて考え込んだ。ふいに訪れた静寂も、この人とならなぜか緊張しない。不思議な人だ。

「私だったら……きっと諦めますね」

「えっ！」

まさかの返答に言葉が出ない。もっとこう……ためになるアドバイスとかが出てくるものだと思ったのに。諦めるなんて、そんなの……そんなの……。

「で、でも……忘れちゃったんですよ。あんなに一緒にいろいろ頑張ってきたのに……その全てをないものにして……私なんか要らないって態度で……」

二紫名……。

一番に思い出すのは、あのニヤリ顔。私のことをいつもいつも小馬鹿にして、私がへまをすると「これが好機」とばかりにすぐおちょくって。失礼だし、言葉足らずだし、人を振り回すしで、なにもかもが最悪！　……なんだけど。

本当は優しいってこと、知っている。いつも人の心配ばかりで、私も何度心配をかけたかわからないくらいだ。言い方は冷たいけど、その根っこにあるのは他人への思いやりなんだ。無鉄砲に走り出す私を、最後には必ず助け出してくれる。優しいんだ、とても。

それなのに……忘れちゃうなんてあんまりだ。積み上げてきたものをそんな簡単に捨てないで。私たちはいつも一緒だったじゃないか。

「そんなの……ひどい……」

堰を切ったように湧き出てくる涙を止める術はない。ただただ、ハジメさんから受け取ったハンカチを握りしめる。声が震えてしまうので、ハジメさんにも泣いていることがバレているだろう。だけど、もういいんだ。

「辛い、悲しいことがあったんですね……」

ハジメさんが優しく私の頭を撫でる。ゆっくり、穏やかに。

「大丈夫。落ち着いて……呼吸を合わせて……」

その深い声を聞きながら彼の手のリズムに身を任せていると、不思議なもので、少しずつ落ち着いてくるのが自分でもわかる。ヒーリングの施術でも受けているかのように全身の力が抜けていく。ふわふわと、心地よさすら感じる。

「……私は神を信じているわけではないですが」

ハジメさんはそう前置きをして話し出した。

「物事には、全て理由があると思うのです。大切な方が忘れてしまったのも、きっとそうなるべき理由があった、と。運命……と言うと少し俗っぽいでしょうか。けれども私は、そんな風に思います。もしかしたら、その方も忘れてしまった方が幸せになれるかも。八重子、あなたも同様に、その方との繋がりを絶った方が幸せかもしれません。あなたも薄々そう感じ始めているのではないですか？」

「…………！」

奥底に隠していた気持ちを言い当てられたようで、ぎくりとした。ハジメさんの言う通り、私は心のどこかで。こうなるべきかもしれないという思いを抱えていたのだ。

だって、私は人間、彼は妖。それはもう疑いようのない事実だ。私は彼と共に生きることはできないのだろう。そして私も、その倫理に背く勇気は持っていない。

「二紫名が長になったらもう会えない。そんなのは嫌だ」――なんていうのは私のただの我儘でしかない。彼のことを考えると、私なんかが周りにいない方がいいのだ。

そう、これはきっと……――。

「……運命」

私の呟きに、ハジメさんの口の端が僅かにつり上がった気がした。

「八重子、あなたは聡い。あなたの持つものを誰に渡せばいいか……あなたならわかるでしょう？」

これまでと同じアンダンテの心地いいリズムで。けれども、その声は艶めかしく揺らぐ。

――なに……なんの話をしているの？

そう聞き返そうにも声が出ない。頭がぼんやりして、なにも考えられなくなる。

ハジメさんの指が私の頬をつうとなぞる。顎を掴まれ、その緋色の瞳が正面に迫る。なんて、なんて綺麗な瞳なんだろう。いっそのことその色に飲み込まれ、私のすべてを燃やしつくされてしまいたい。

「大丈夫、なにも怖がることはありませんよ。私がついています。永遠に……。そう、私に任せてくれれば、あなたは未来永劫、幸せになれるのです」

永遠に。この人のものになれるなら、それでもいいのかもしれない。彼の唇が私の首筋に触れた。ヒヤリと冷たくて、でもなぜか安らぎを感じる。このまま、私は――。

――きゃん、きゃん！

「……えっ!!」

急に耳に飛び込んできた鳴き声に、私の意識は一瞬にして呼び戻された。その瞬間、心臓が活発に動きだし、血液が体中を巡るのを感じる。吸い込む空気の生ぬるさ、自然と感じる体の重み、風のざわめき、草の匂い……生命の活力が再び体の中に入り込んだようだった。

――私は、一体……。ハジメさんとここで会話して……そうだ、慰めてもらっていたんだ。でも頭の中に靄がかかったみたいでなにも思い出せない。

「は、ハジメさん……!?」

横を見るが、そこにはハジメさんの姿はなかった。

もしかしてハジメさんと会って話したのは、私が見た白昼夢だったのかも……。それにしては、なんだか首筋がやけに冷たいような……冷たい？

――きゃん、きゃん！

なにかを思いつく寸前のこと、私の座るベンチの周りを二匹の犬が駆けずり回った。亜麻色の毛にピンと立った小ぶりの耳、甲高い声……――。

「……って、あおちゃん、みどりちゃん!?」

二匹は元気よく「きゃん」と吠え、尻尾を勢いよく振った。どう見てもあおとみどりだ。

私が見間違えるはずはない。だけど、どうして？　あおとみどりは基本的には神社の外には出ないはず。それを、こんな遠くの公園にまでやって来るなんて。

「どうしたの？　勝手に出てきちゃったの？」

——きゅうん！

……ってそうだった、獣姿の二人になにかを言ったところで会話はできないのだった。見たところ私に急いで伝言がある様子もないし、私が知らないだけで彼らは時たまこうやって遠方まで散歩をしていたのかもしれない。それが、今日本当にたまたま私と鉢合わせした……と。

——きゅうう、きゃん、きゃん

あおとみどりが私のスカートの裾を甘噛みし、引っ張る。

「えっと……『帰ろうよ』ってこと……かな？」

彼らは真ん丸で純粋な、ガラス玉みたいな瞳をこちらに向けた。

「……そうだね、もう暗くなってきたし……バス停まで一緒に帰ろうか。私はそのまま家に帰るね。神社には……——」

もう、行けないから。

そんな言葉を飲み込んで、私はベンチからすっくと立ち上がると、首を傾げる二匹の前に歩み出る。

ふと気になって後ろを振り返るが、やっぱり公園には誰もいない。金木犀の香りをはらんだ風が巻き起こり、燃えるような空を陰鬱な闇が下から徐々に飲み込もうとしていた。

＊　＊　＊

なにもない平日はなんて暇なんだろう。ただ起きて学校へ行き、授業を受けて部活動をして、のどかな街並みを眺めながら帰る、そんな毎日。

以前に比べて明らかに早く帰ってくる私に、父と母は気を遣っているらしい。昨日の夕飯は私の好物の和風ハンバーグだったし、一昨日は父が珍しく「宿題を見ようか」なんて言ってきたし、その前日にはおやつに町で一番美味しいと話題のケーキが出た。

何事かと思ったけど、夜中にふと、「友達となにかあったんじゃないか」「逆にグレたんじゃないか」「失恋したんじゃないか」なんていう会話が聞こえてきて納得した。

正直、二人の考えはどれも的外れだ。……三番目以外は。

とにかく、今まで思考を巡らせていたこと全てを放棄した私は、毎日のワクワクと引き換えに、退屈な生活と驚くほどの集中力を手に入れた。

予習の効果かはたまた授業をちゃんと聞くようになったからか、苦手だった数学の授業がすんなりと耳に入って来るようになったのだ。たびたび手を挙げる私を見て、昴と小町が見たこともない表情を浮かべていたのがおかしかった。

きっと次のテストで私は良い点を取り、みんなを驚かせることだろう。母はまた目にも鮮やかなご馳走を作ってくれるかもしれない。父はなにか素敵なものをプレゼントしてくれるかも。それは、きっと平凡だけどわりと幸せな日々。

だけど、なんて、なんて……——。

「……つまらないんだろう」

「え？　なにか言った？　やっちゃん」

ご自慢の卵焼きを箸で挟みながら、小町が目を瞬かせた。いい焼き色のふっくらとした卵焼きは、私に集中するあまり今にも箸から落ちそうだ。

「や……別になんでも。それより小町、卵焼きが落ちそうだよ……あ」

そういう私も鮭の塩焼きをご飯の上にうっかり落としてしまった。人のこと言えないな。無意識のうちにハーッと大きなため息をつく。

「もうっ！」

突然、小町が机をダンッと叩き、こちらに身を乗り出してきた。三人分のお弁当箱が僅かに浮く。

「ど、どうしたの、小町」

「どうしたもこうしたもなーいっ！　やっちゃん、私のことはいいんだよォ！　たしかに私の今日の卵焼きは焼き加減も良く、断面も美しく、味ももちろん美味しく、完璧ではあるけれども、でもそれは……——」

「えーと、こまちゃん？」

脱線しかける小町に昴が優しく突っ込む。

「……っと、そうそう。つまりィ、なにが言いたいかっていうと、やっちゃん！　最近なァんか変だよ！　……ってこと、ですっ」

最後は名探偵よろしくこちらにビシッと指をさし、言い切ったことで満足したのか小町はイスにストンと座った。

「そんなことないよ。小町の気のせいじゃない？」

「やっちゃん、ええと、俺もそれは思っとったことねん。やっちゃんの元気がないような気がして。……ほら、最近神社にも寄らんとまっすぐ家に帰るやろ？　どうしたんかなって思ってて……」

昴が言いにくそうに切り出した。

――神社。

そのワードが出てきた途端、口に入れた鮭が急に味気なく感じた。それどころか、なんだか砂でも噛んでいるみたいに気持ち悪い。

昴は私と妖たち(彼ら)の繋がりを知っている唯一の人間だ。だからこそ、私が神社に行かないことが気になるのだろう。当然だ。でも、今はその話題にあまり触れてほしくない。

私は普段と変わらない笑顔を浮かべるよう努めた。

「ちょっと……家のことで忙しくて」

意図せず冷たい言い方になってしまい、困ったように眉を下げた昴に対して急に申し訳なくなる。それでも、これでこの話題はおしまいだろうとホッとする自分がいる。

昴は「そっか」とだけ言うと、お弁当の残りを黙々と食べ始めた。これで静かなお弁当タイムが再開する……はずだったのに。

「なになになにィ!? 家のことってやっちゃんパパの引っ越しの荷物とかァ? そんなの私たちに言ってくれれば手伝ったのにィ。あ、それとも恋愛のこと……とかァ? なになに、西名さんと喧嘩でもしたのォ? 大丈夫! 恋愛相談ならこの小町に任せなさいっ!」

バシン、と強めに叩かれた左肩に、そのせいで崩れたお弁当の中身に、その小町の空気の読めない言動に、私の凪いでいた気持ちは瞬時に大きく跳ねた。

友達にそんなこと言ったらダメって頭ではわかっているのに、もう止められそうもない。ぐつぐつとマグマが噴出するかのように、私の叫びは鋭利な刃物になって口から飛び出した。

「煩(うるさ)い! 小町には関係ないでしょ、放っておいて!」

――あ………。

小町がハッと息を呑んだのがわかった。瞳が大きく揺らいで、無理に引き結んだ唇がプルプル震える。そして今にも泣きそうな顔で笑顔を作った。

「ご、ごめ〜ん、やっちゃん。私ってば無神経ィ。そういうところがダメだぞって昔から言われてたのに……へへ」

「ち……違う、違うの小町。わ、私……」

刃物は二本あった。一本は小町に刺さり、そしてもう一本は私に刺さったのだ。小町にこんな顔をさせるなんて、最低だ。胸が締め付けられる。

「ごめん、小町、ごめん……」

「やっちゃん、あのさ」

私たちの様子をじっと見ていた昴が怒ったような表情で話しかけてきた。いきなり酷いことを言ったのだ。昴が怒るのも無理はない。

「あの……昴もごめ……——」

「そうじゃなくって」

珍しく大きな声だったので体がビクンと跳ねた。すごく怒っている……と思ったのも束の間、

「放課後にさ、みんなで海に行かん？」

そう言って、昴はふわりと柔らかく笑った。


海……といえば、隣町にある恋路海岸が一番近い。私も望さまの神社に行くついでに何度か訪れたことがあった。当然昴が言う「海」はそこのことだと思ったのだが、なぜかバスは恋路海岸とは異なる方向へ進んでいく。

そのままバスに揺られること数分。無言の時間がだんだん気まずくなってきた頃、おもむろに昴が立ち上がった。大きい黒いリュックを背負いなおして振り返る。

「やっちゃん、着いたよ」

「へ……」

プシュー、という気の抜けた音と共に前方の扉が開いた。周りにはなにも見えないが、たしかに海の匂いが入り込んでくる。海の近くなんだ。

考えてみたら、能登に来てから一年以上経つというのに、私の行動範囲はひどく限られていた。行く場所と言ったら商店街と鈴ノ守神社と望さまの神社くらいで、友達とも家族とも観光スポットを含めいろいろな場所に出向こうとはしていなかったのだ。

決して興味がないわけではない。学校と、それから神様や妖たちとの毎日に忙しかった……というのが言い訳だ。

でも、こんなことならもっと早く冒険してみればよかったな。なんて思ったのは、バスを降りてから十分ほど歩いた先に、今までとは違った海が広がっていたからかもしれない。

「うわぁ……」

開けた広場のような空間の向こうに、砂浜が見える。南を見るとたくさんのテトラポッドが並び、何隻か船が浮かんでいる。どうやらあっち側は漁港になっているらしい。

「たまにはこういう海もいいよね」

「う、うん……でも、どうしてここに？　海ならいつもの海でもよかったのに――」

そう言いながらきょろきょろ辺りを見回した。広場にはテントの部品が詰まれ、ステージのようなものも準備されている。なにかがここで行われる？

「もしかして」

「うん、そう。ここで明日キリコ祭りがあるんやよ。下見……ってわけでもないけど、祭りが始まる直前の海も見ておいてもいいかなって思って」

昴が縁石に腰かけたので、私はそこから立ったまま海を眺めた。日本海にしては穏やかな波が寄せては返す。海面近くを幾羽ものカモメが飛び交っていた。この静かな海で明日祭りが行われるなんて、ちょっと想像できない。

「あ！　わ、私ィ、ちょっと用事思い出したんだ！　二人ともちょっと待っててねェ！」

「え、小町――？」

それまでずっと無言だった小町が、私たちが座ったのを機に急に話し出した。と思ったら、なんだか慌てふためいてどこかへ走って行ってしまった。

「ねぇ昴、小町なにか変じゃない？」

やっぱり私があんなことを言ったから……。罪悪感が胸の中を渦巻く。

言ってしまったことはなかったことにできないと、私は過去から学んだはずだったのに。自分の愚かさにほとほと嫌気がさす。悠長に海を見ている暇なんかないんじゃないか、小町を追いかけて「ごめんね」って言うべきなんじゃないか。導き出した私の答えは当然――。

「ごめん、行ってくるね」

小町を追いかける、だった。……だけど。

「ちょっと待って、やっちゃん」

「うわっ！」

走り出した私の腕を昴が掴んだ。途端につんのめって昴の座る縁石まで引き戻される。

「な、なになに!?　昴」

「まぁ座ってや」

太陽みたいな笑顔で隣をポンと叩く昴を前に、もはや私に為す術はない。しぶしぶそこに座り、姿勢を正す。

なんだろう……いつもはその昴の笑顔に救われることが多いのに、今日は若干の圧を感じる。ほんの少しの無言も怖いから早くなにか話してほしい。妙に緊張してしまい、そわそわと、膝の上で重ねた手をあれこれ動かした。

「……こまちゃんってさ──」

ポツリと、独り言のように昴が話し始めた。パッと横を見ると、昴は小町の駆けて行った方へあたたかな視線を向けている。

「ああ見えて結構気配り上手やと思わん？　今だってさ、俺がやっちゃんに話があるって気づいて、二人になるように仕向けてくれて」

──そういうことだったんだ。あの小町の不自然な態度の理由。急にどこかへ行ったのは、私たちのため。

昴は「でも不器用だから一人でから回りして誤解を生むことが多いけどね」と言って目尻を下げた。

「こまちゃんの様子が変なのってさっきのアレだけじゃないげんよ。最近ずっと……やっちゃんが元気がないからって、元気づけようと無理にはりきっちゃってさ」

——え……。

「気づいてた？」と急に私を見るもんだから、後ろめたい私はサッと目を伏せた。

あれは私のため。おどけた態度も、くだけた話題も、落ち込んだ私を元気づけようとして……。よく考えればわかることじゃないか。小町は優しい。私を傷つけるためにあんなことを言うはずはないんだ。なんでそれを、あの時気づけなかったんだろう。

「こまちゃんは優しいよね。そんなこまちゃんだから、好きになった」

季節外れの爽やかな風が頬を撫でる。見上げた昴の清々しい表情に、なぜか涙が出そうになった。

「ごめん……私——」

「——やっちゃんも」

「え？」

「やっちゃんも、優しいよね。そっと寄り添うみたいに力になってくれる。小さい頃からずっとずっと、やっちゃんには助けてもらいっぱなしや」

「そんなこと……」

そんなこと、ない。優しい子だったら間違っても小町を傷つけるようなことは言わない。

「どうかしてた」なんて、そんな言葉じゃすまされないくらい酷いことを言ってしまった。

「他人のことでいつも精一杯でさ、その癖自分のことには本当に無頓着というか……大事にしないというか、傷ついてばっかりや。本当、見ていてハラハラするよ」

「ご、ごめんなさい……」

これは……責められている？　よくわからずに首をすくめる。だけど昴は私を咎めるでもなく、「でもね」と目を細めた。

「そんなやっちゃんだからこそ、俺もこまちゃんも好きになったんやと思う」

そのあたたかな瞳に、優しい言葉に、冷え切っていた心にぽうっと火が灯る。みるみるうちに凍っていたものが溶けていく。

……そうか、昴も私を元気づけようとして……。自分のことに一生懸命になるあまり、大切なことを見失っていた。私には友達がいる。小さい頃に出会って、今に至るまで助け合ってきた大事な友達がいるじゃないか。泣きそうになって、それを誤魔化すように唇を噛んだ。

「もっと周りを頼ってみても罰はあたらないんじゃないかな」

促すようにコクンと頷く昴に、頑なだった私の心もほだされる。なんで今まで気づかなかったんだろう。昴になら……ううん、昴だからこそ言えることがある気がする。

「実は……――」

私は、あの日、昴に出会った後に起こった出来事について順を追って話した。

花純さんとの出会い、二紫名の異変、そして私の居場所がなくなったことを。始めは真っすぐ私の目を見て話を聞いてくれていた昴も、次第に俯き、元気がなくなっていくのがわかった。

「そっか……そんなことが」

話し終わった時、昴は悲しそうにそう呟いた。

「ごめん……俺、近くにおったたんに全然気づかなくって。祭りの準備やらで二紫名さんたちとは顔を合わせることがなくって……って、そんなのただの言い訳やよね」

「ううん！　昴は悪くないよ」

「問題は、どうして二紫名さんの様子がおかしくなったか……やよね。やっちゃん、なにか思い当たることはない？」

「思い当たること……」

たしか、あの日の前日まで二紫名の様子は至って普通だった。前兆みたいなものもなかったし、あの日だって特に誰かがやって来たということもなく。その前に起こったことといえば――。

「……小鬼」

「え？」

「小鬼が来たの。異変が起こる一週間くらい前、かな？　二紫名が言うには黒幕の手下じゃないかって」

私の言葉に昴は目を丸くした。

「……知らなかった。そんな話、縁くんからも聞いてなかったから」

「うん、縁さまは『気にしなくていいんじゃない？』って。二紫名たちも、その小鬼自体にはそんなに力がないからって言って問題視していなくって……だから、違うとは思うんだけどね」

　でも、そうなると完全に手がかりはなくなってしまうわけだ。本当に、今でもなんであんなことになってしまったのか疑問でしかない。

　花純さんにしても、そんなに都合よく記憶が蘇るなんてことがあるのだろうか。そう、なにもかもタイミングがよすぎるのだ。まるで誰かに操られているような——。

「みんながそう言うなら関係ないんかな……。それに、その花純さんのことも気になるね。記憶がないなんてなにかあったとしか思えんけど、いきなり取り戻すなんて変やよね。それも、やっちゃんと同じ記憶なわけだし」

「うん……」

　そうなのだ。花純さんが思い出したのは、なぜか私と同じ記憶。

「とにかく、さ。まだまだ俺らにやれることはたくさんあるってことやね。二紫名さんの異変の原因突き止めて、元に戻ってもらわんなん」

「昴……」

「ほらほら、元気出してやっちゃん！」

　ビリッと背中に痛みが走る。昴が、彼にしては強めの力で私の背中を叩いたのだ。さっきとは違う意味で涙目になる私を見て、昴は楽しそうに笑っていた。

「も、もう昴〜」

「二人ともっ！」

その時、私と昴のちょうど間になにかがにょきっと突き出てきた。渦巻き模様に甘い香りの、みんな大好き白いやつ。

「ソフトクリーム？」

「そう、近くの道の駅で売っている、『塩バニラソフトクリーム』だよォ」

ん？　その声は……。

「小町？」

勢いよく振り返る。輝く太陽をバックにニッコリ笑う小町は、右手で一本のソフトクリームを差し出し、左手に二本のソフトクリームを持っていた。

「へっへっへー。二人のために買ってきちゃったよォ。ここのソフト、塩味が効いててすんごく美味しいんだから！　塩、といえばここの名産でしょう？　さぁさ、昴もやっちゃんも、お食べ？」

「え？　ええと……」

ずいっと私の胸元に押し込まれてしまっては、受け取るしかない。

たしかに日差しが照った海辺では冷たいソフトクリームは最高のご褒美なのだけど、そんなことより今は小町とちゃんと仲直りがしたい。私は小町に向き直った。

「あ、あの、小町……さっきは酷いことを言って本当にごめんね。最近いろいろ上手くいかなくて……それを小町にぶつけちゃったんだ。ごめん……」

コーンをぎゅっと握りしめたので紙の部分がぐしゃっと歪む。膝の上で小さな白い山が小刻みに揺れていた。

小町はなにを思うだろう。怒られることも覚悟していたのに。

『さっき』ってなんだっけ〜？　ほら、私って記憶力ないしィ、忘れちゃったァ」

小町は何事もなかったかのようにあっけらかんと笑った。

「そんな、こま――」

「いいから、ね？」

力の入った私の手に、小町の右手がそっと触れる。優しくて、だけど力強くて。小町の気持ちが伝わってくるようだった。小町……――。

「ほらァ、早く食べないと溶けちゃうぞォ！」

そのまま右手をぐいっと上に押し上げるもんだから、ソフトクリームは見事に私の鼻先にヒットした。バニラの甘い香りが鼻腔をくすぐる。

「こ、小町！」

「きゃあ〜！　やっちゃんが怒ったァ！」

自分だって口の端にクリームを付けているくせに。小町はケラケラと呑気に笑いながら、舞うように逃げまわった。

「もう……本当に……」

ひと舐めしたら冷たくて、そして甘じょっぱい。でもこれは、塩のせいだけではないかもしれないな。もうひと舐めして鼻をすすった。

海が太陽を飲み込んでいく。なにもかもがオレンジ色に染まり、この瞬間は海も空も一緒くたに混じり合うのだ。

夏といえども海辺の夜は気温が下がる。年甲斐もなく鬼ごっこをして流した汗は、冷えてうっすら寒気を感じるほどだった。

「そろそろ帰ろっか。風邪でもひいたら大変やしね」

「そうだよォ。お祭りに行けなくなっちゃうもん」

私たちはあちこちについた砂をはらい、広場まで戻ろうとした。だけどその一歩手前で立ち止まる。いつの間にか昴がいないことに気づいたのだ。

「――昴……？」

昴は五メートルほど向こうで立ち止まっていた。険しい表情でどこか遠くを見ている。私は小町と顔を見合わせ、せっかくはらった足にまた砂がつくことも気にせず、再び砂浜へと入った。

「どうしたの？　昴」

「あ、いや……あそこにいるおじさん、なんやけど」

昴が指さす方に、たしかに人がいた。

ちょうど父くらいの年齢の、紺の法被に短パン姿の男性だ。横顔しか見えないが、ここからでもぼうっと……というか呆然と夕日を眺めているのがわかる。その立ち姿からは、言いようのない哀愁のようなものが滲んでいた。なにか訳ありの匂いがする。……が。

「たしかにちょっと気になるけど……他人の悩みに首突っ込めるほどできた人間じゃないよ、私たち。普通の高校生だからね？」

あのおじさんには私たちには予想もできない悩みがあるのだろう。そして、それは私たちには到底解決できないような悩みの予感しかない。

小町も「そうだよォ」と昴のTシャツを引っ張るが、昴はびくともしない。

「いや、そうじゃなくって……あの人からなにか『よくない気』を感じるげん」

「よくない気……ってまさか……」

私が聞くと昴は慎重に頷いた。昴が感じるものということは、それってつまり妖関係？

もう一度おじさんを見る。私の目では彼が妖に関係あるかどうかはわからなかった。

「あ、でも、俺の予感なんてそう当たらないと思うけど……」

「そんなことないよ！」

そうだ。昴はあの日、「よくないものを感じる」と私に教えてくれたんだ。クロウたち――あの場にいる妖たちが二紫名について問題視していない中、昴だけがいち早く異変を感じ取っていた。昴の力は確実に増しているに違いない。

だとすると、あのおじさんについても確かめてみる価値はある。もしかしたら彼が人間に化けた黒幕なんてことも考えられるからだ。私には力がないから、疑わしいものはなんでも試すしかない。

「……ちょっと行ってくる！」

「え、え、どういうことー？」

叫ぶ小町と昴を置いて、私はおじさんのもとへ走った。そんなに遠くないのに、砂に足をとられて思うように前に進まない。そうこうしている内におじさんの方が私に気づき、ぎょっと目を見開いた。無理もない。いきなり見ず知らずの女子高生が必死な形相で近づいてくるのだから。

「あ、の、すみません……」

近づいてみてわかったが、四角い岩のような輪郭に無駄な肉の落ちた頬、ピンと張った濃い眉から見るに、どうにも頑固そうなおじさんだ。小柄ながらも引き締まった体つきは、父とは全然違う。その佇まいには迫力があり、一人で話しかけに来てしまったことを早くも後悔した。

「あんた、な、なんやぁ？　ビックリした」

けれど、彼の第一声はその見た目と相反して驚くほど柔和なものだった。話しやすいのは有り難いが、黒幕という予想は外れそうだ。いや、そういう人間に化けているのかもしれないけれど。

なんてあれこれ考えていると、おじさんは僅かに眉をひそめた。

「おおい？」

「あっ！　えっと、あの、私は……」

――どうしよう！

勢いよく飛び出したはいいが、毎度のことながら全くのノープランで来てしまった。普通、こんな風に急に話しかけたら怪しまれるに決まっている。それも、今回は見知った商店街の人ではなく、偶然出会った見ず知らずの人なのだから。ああ、こんな時、頭の回転の速い人がいてくれたら。

「あ、怪しい者ではなくってですね。えっと――」

「――僕たち、学校の課題でキリコ祭りについて調べているんです。そのことでお話を伺うことってできますか？」

まごついていると、私の隣で助け船を出してくれる人物がいた。――昴だ。

「昴！」

どうやって納得させたのかわからないが、その隣にやや困惑顔の小町もいる。

さすが昴というべきか、学校の課題なら話しかける理由としてはバッチリだろう。だけど一つ、疑問が残る。私は昴をぐいっと引き寄せてそっと耳打ちした。

「ってちょっと待って、いくら有名なキリコ祭りって言っても、そう簡単に話が出るかな？　詳しくない人だっているんじゃない？」

「ふふ、それは問題ないよ。だってさ……」

昴は悪戯っぽく笑うと、自身の服をつまんでからおじさんに視線を移した。

服？　服……法被……ってそうか！　法被を着ているっていうことは、このおじさんは祭りの関係者に違いないのだ。

「ん……なんや高校生も大変やな。いいぞ、なんでも聞きまっし」

案の定、祭りの話ということがわかると、警戒心は一気に解かれて、おじさんの眉はへにゃりと下がった。

「ありがとうございます。まず、お名前をお聞きしてもいいですか？」

「俺ぁ、戸坂（とざか）や」

「では、戸坂さん。あなたは祭りでなにをされるのですか？」

「キリコ職人……まぁ大工やね」

大工さん……なるほど。年の割にそのがっしりとした体つきは、大工さんだからか。

その後も、昴が先導してキリコ職人、戸坂さんへのインタビューは続いた。

私はその間もなにか手がかりになるようなことはないかじっと彼を観察していたのだが、どうにも芳しくない。戸坂さんの言葉は全てにおいて現実味があり、説得力がある。どこからどう見ても普通の人にしか見えないのだ。

つまり、戸坂さん自身が妖であるということはなさそうだ。でも、じゃあどうして昴が反応したんだろう……？

「——では最後に。いよいよキリコ祭りが明日に迫っていますが、今のお気持ちはいかがですか？」

最後……このままじゃなにもわからない。私は一言一句聞き逃すまいと戸坂さんの答えに集中した。

「そうやね……あんたらはキリコ祭りに使われるあの大きなキリコがどのくらいの期間でできるか知っとるか？」

「え……」

キリコの実物を知らない私は元より、何度か見たことがあるはずの昴と小町も困ったように顔を見合わせている。

「えっと……三か月くらいですか？」

戸坂さんはふるふると首を振った。

「いろんな木材のパーツを繋ぎ合わせて作るんや、半年以上かかるわな。ずっとずっと、思いを込めて作ってきた。それをな、明日ようやく海に入れるわけやな。この日を待ちに待っとった。長くて、それでいて短かったわ」

そう言ってまた、海を眺める。

さっき彼から感じた哀愁の理由。自らの手で作ったキリコを送り出すのは、子供を送り出す時の親と似ているのかもしれない。嬉しいけど、寂しい。そして上手くいってほしいという願い。

それにしてもどうしたものか。昴の感じた「よくない気」の正体が掴めないまま、インタビューは幕を閉じようとしていた。昴に視線をやると、彼もううん、と首を捻っている。

「……あんたら珍しいなぁ。今時の若者はこういう古いものは好きじゃないやろ？　学校で指定されとるんか？」

戸坂さんがこちらへ質問しだしたので、ドキッとした。さっき急遽（そういう設定が）決まりました、なんて言えない。背中をだらだらと汗が伝う中、昴が落ち着いて言葉を紡ぐ。

「いえ……興味があって……」

戸坂さんは昴の言葉に「ふぅん」と頷くと、やがて悲しそうに目を伏せた。

「俺にも娘がおるんやが、あいつもあんたらみたいにキリコに興味持ってくれたら嬉しかったんに……」

「娘さん……ですか」

「ほうや。年頃になると職人の俺を嫌がってな。まぁ俺も、あいつのことを放っておいてしまったのが悪いんやけど……ほら、可愛いやろ」

おもむろにポケットから昔ながらの二つ折りの携帯電話を取り出し、開く。パッと明るくなり、待ち受け画面が現れた。そこにはどこかの公園で遊具をバックに微笑む、十歳くらいの少女の姿があった。

「娘が小さい頃の写真やな」

私はその少女の姿を一目見て、息を呑んだ。似ているのだ。記憶を失い、助けを求めてきた、あの花純さんに。面影があるというレベルの話ではない。幼さはもちろんあるが、長く美しい髪に涼しげな瞳はまさに花純さんそのものじゃないか。

そもそも花純さんの素性は未だわかっていない。一体彼女は誰なのか、いつもどこから来てどこに帰っていくのか。記憶を失っていたのも全部嘘だったとしたら……。

「へぇ、今はおいくつなんですか？」

「そうやなぁ……ちょうどあんたらと同じくらいになるはずやったわ」

「……やった、というのは……」

戸坂さんの言葉から生まれた一瞬の違和感。どうしても気になって、私は思わず二人の会話に口を挟んでしまった。過去形が意味するのは、まさか。

「ああ、娘は……三年前に死んだんや」

——そんな……！　こんなにも花純さんに似ているのに、戸坂さんの娘さんはもういない？

「そうなんですか……すみません」

「いや、いいんや。毎年この時期になると娘のことを思い出す。皮肉なもんやろ？　キリコ職人の父ちゃんなんかーって叫んでいた娘の姿が今では大切な思い出や」

昴と戸坂さんが話す中、私はぐるぐると同じことを考えていた。そんなのおかしい。絶対におかしい。ただの他人の空似とはどうしても思えないのだ。

「あ、あのっ……この子の名前はなんていうんですか？」

「名前……？」

なぜそんなことを？　そう言いたげな戸坂さんの目をじっと見つめ返す。これが最後の賭けでもあった。私の想いが伝わったかどうかわからないが、戸坂さんはフッと目を細めた。

「名前……か。はは、あんたらは桜の名前なんて、ソメイヨシノくらいしか知らんやろなぁ」

「え……?」

「娘の名前は桜にちなんどる。俺とあの子の母親が出会ったのが、その桜の木の下で……」

なんだかどこかで聞いた話ではないか。

「あの、私もそうなんです。八重子っていうんですけど」

「八重桜、か。それもまた美しいわな。でも違う。紅を帯びた白い花がきれいでな」

海ではなく、うっとりと宙を見る彼は、きっとその桜の木を思い描いているのだろう。

しかし、桜の名か。全く詳しくないけど、「花純」は桜の名にはなさそうな――。

「――霞桜、だよねェ」

その時。じっと黙って聞いていた小町が口を開いた。

「こまちゃん!?」

「おじさん、それって霞桜じゃない?　白い桜で名前に使われそうなのってそれくらいしか思いつかないもん」

事も無げに言う姿が普段の勉強が苦手な小町からは想像できない。

「え……小町って桜に詳しかったの?」

「詳しいっていうかァ、花は好きで図鑑とかよく見てるだけっていうかァ」

また小町の新たな一面が垣間見えた。……と、それより、今「かすみ」って……。

「ああ、そうや。よくわかったなぁ。娘の名は花純。霞桜から名付けたんや」

――花純……!

やっぱり、だ！　あの写真、それに名前。間違いない、花純さんは戸坂さんの娘さんなんだ。私は昴を見て大きく頷いた。そうだとすれば、花純さんがキリコ祭りを「懐かしい」と言った理由も説明がつく。父親がキリコ職人だから、彼女の記憶に「キリコ」が根付いていたのだ。

「その、花純さんって本当は……生きてます、よね？」

だって、そうとしか思えない。実際に私は花純さんと話をしたし、一緒に調査にも出かけたのだから。今回は私の祖父とは違って商店街の人も花純さんに会って話をしている。幽霊なんてことはあり得ないのだ。

「はぁ……そうやったらどんなにいいか」

しかし、戸坂さんは寂しそうに笑うばかりだ。この人が嘘をついているとも思えない。娘さんは本当に亡くなっている？　これは一体どういうことなのか――。

「……うっ……あいたた……」

考えていると、突然戸坂さんは額を手で押さえて、顔を歪めた。

「あ……だ、大丈夫ですか!?」

「ああ……すまんな。娘のことを考えるとこうやって頭痛がするんや。悪いけど、これ以上は……。学校の課題、頑張りまっし」

　申し訳なさそうに頭を下げ、そのまま浜を歩きだす戸坂さん。もうちょっといろいろ聞きたかったのに、呼び止める間もなく遠ざかってしまった。

「やっちゃん、『花純』って」

「うん……」

　おかしい。なにもかもがおかしい。もう一歩で完成するはずだったパズル。これしかあり得ないという最後のピースをはめようと思ったら、なぜか全くはまらない。そんな奇妙な感覚に襲われる。

　戸坂さんの娘さんは花純さんと言って、あの花純さんと瓜二つだ。それなのに、その花純さんは三年前に亡くなっているなんて。もうちょっとなのに。波がすべてを曖昧に流し去っていくようで歯痒い。

「……？　二人ともどォしたの？　そんな深刻そうな顔してェ」

　素足で砂浜に絵を描いていた小町が、不思議そうに私の顔を覗き込んだ。

「あっ……小町」

　そういえば、小町がいることを忘れていた。私の事情を知らない小町にとってみれば、私たちが戸坂さんに執着していること自体が奇妙にうつるだろう。

「ええと、なんでもな――」

「そういえばさ、あのおじさんの頭痛って謎だったよねェ。なにかを思い出すのに頭痛がするなんて聞いたことないもん」

「あ……はは、そうだよね、そんな話……——」

それはきっと、小町にとってみればなんでもない話。実際私も、戸坂さんが頭痛に襲われている時はなんとも思わなかったのだ。

だけど、「聞いたことないもん」の一言で、ピンとくるものがあった。思い出す時に頭痛がする人を、私は見たことがある。

——花純さんだ。初めて花純さんに会った時、彼女は倒れていた。『昔のことを無理に思い出そうとして激しい頭痛に襲われて……』と、そう言っていたじゃないか。それに頭痛と言えば二紫名もそうだろう。クロウが言っていた『二紫名ならさっき頭痛がするとかで苦しそうだったけど』という言葉を思い出す。

花純さんそっくりの娘が亡くなったという戸坂さん。昔の記憶を失くし、私と同じ記憶を取り戻したと言っていた花純さん。私のことを忘れ、花純さんが結婚の約束をした人物だと言う二紫名。

この三人の頭痛という共通点は、果たしてただの偶然なんだろうか。もし、記憶と頭痛が関係しているとしたら……。

「……だめだ、繋がらない」

だとしても、だ。戸坂さんの娘さんが亡くなっている以上、どうやったって繋がらない。花純さんが娘さんなわけがないのだから。もうちょっと……もうちょっとでなにかわかりそうだったのに。

　あまりにも脳を使ったからか、エネルギー不足でその場にへたりこむ。温まった砂が足の間をサラサラと流れゆく。

「なにがァ？　よくわかんないけど、繋がらなければ無理やり繋げばいいんじゃない？」

　小町があっけらかんと言いながら私の隣に座った。無理やり繋ぐ？

「小町……そんな切れた輪ゴムを結び直すみたいなこと――」

「いや、それやよ！」

　真後ろに立つ昴が突然叫んだので私も小町も二人して飛び上がった。

「それって……どれ？」

「無理やり繋ぐってこと！　こまちゃん、すごい！　お手柄や！」

　昴は小町の両手を握り、珍しくはしゃいでいるようだった。一方、急に接近された小町はというと、なんだかよくわからないまま湯気が出そうなほど顔を真っ赤にしている。

「ちょ、ちょっと、待って、どういうこと？」

「だからさ、順々に考えるから『戸坂さんの娘さんは亡くなっている』の部分で積むんやろ？　じゃなくって、逆に考えてみるんやよ」

「逆？　逆……つまり、『戸坂さんの娘さんは亡くなっていない』から考えるってこと？」

「そう！」

　もし娘さんが亡くなっていないなら、娘さんの正体は十中八九あの花純さんだと言えるだろう。そうなってくると、花純さんの記憶——ここへは療養のために来ていて、昔ここに来た時に二紫名と出会った……という記憶に矛盾が生じる。ここの記憶が間違っているとしたら、二紫名が花純さんと同じ記憶を共有しているのもおかしな話だ。もちろん、花純さんは生きているので、戸坂さんの『娘は亡くなった』の記憶もおかしいことになる。

「……ん？　三人とも記憶がおかしいことになるよね？」

「そう、それに頭痛という共通点を考えると……」

「あ……もしかして、思い出そうとすると正しい記憶と間違った記憶が反発し合って頭痛がする……とか？」

「うん、その可能性はあるやろうね」

昴は大きく頷いた。

パズルがピタリとはまっていく。そうか、こう考えればなにもかもがうまくいくのか。

「そもそも今回の事件の本質は記憶を失くしたことじゃなかったんだ……！」

花純さんの相談から始まった今回の事件。

私はずっと「花純さんが記憶を失くした」事件であり、二紫名の異変はこのこととは関係のないことだと思っていた。だけど違ったんだ。戸坂さんも含め、全ては関係し合っている。

記憶は失くなったんじゃない。これは「記憶をすり替えられた」事件だったのだ。

戸坂さんは「娘さんを亡くした記憶」に。花純さんは「療養のためここに来て、幼い頃二紫名に出会った記憶」に。二紫名は「幼い頃花純さんと出会い、結婚の約束をした記憶」に。

三人がそれぞれ別の記憶にすり替えられている。

「一歩前進、やね」

昴の言葉に私は力強く頷いた。

そうだ、二紫名の様子が記憶のすり替えによるものだとわかっただけでも一歩前進じゃないか。

前を向く。水平線に映る残照が、今はとても美しく見える。待ってて、二紫名。私が必ず元の記憶を取り戻してみせるから——。

肆　幼き日に想いを馳せて

——カラン、コロン、カラン。

五百メートルほどしか歩いていないというのに、慣れない下駄ですでに足が痛む。窮屈で思うように身動きが取れない恰好に、早く……早く……と気持ちばかりが焦っていた。

まだ太陽が高い位置にある、午後。街中はぼんぼりで煌びやかになる……なんてことはなく、普段となんら変わらない景色を見せていた。けれども、どことなく空気がそわそわとして、浮足立っている気がする。どうして祭りの日はこうも特別なのだろう。

とはいえ、祭りの開始は六時頃だ。こんな時間に浴衣姿で町をうろうろするのは私くらいだろう。なぜ私がそうそうに浴衣姿なのかというと、二紫名の記憶について探るため神社に出かけようとしたところ、母に捕まったのが原因だった。

母は「ええ、やっちゃん、もう行くの？　ええ、まさかその恰好で行くつもりじゃないわよね？」なんて事件の目撃者ばりに驚きながら私の腕を引っ張り、私のために用意していたという、白地に濃いピンク色の桜がちりばめられた浴衣を着つけてくれたのだった。

もちろん浴衣は嫌いではない……けど。帯を締めた後、鏡越しに母が放った一言が小さな棘のように刺さっては痛んだ。

『やっちゃん。この前ははぐらかされたけど、今日は男の子もいるんでしょう？　きっとこの可愛い姿を見たら、その男の子もイチコロね』

……そんなの、いないよ。浴衣姿を一番に見せたい人にはまだ会えない。今会ったところでまた冷たくあしらわれるのが目に見えている。記憶のすり替えのせいとはいえ、これ以上二紫名に冷たくされたら今度こそ立ち直れないかもしれないから。

あの時のことを思い出し、どんよりと気持ちが沈む。だめだめ、今から二紫名の記憶の手がかりを探ろうっていうのに、肝心の私がこんなんじゃ。両手で頬をパシッと叩き、気合を入れ直した。

神社の前は幸運なことに誰の姿も見えない。いきなり二紫名に会うのだけは避けたかったので、ホッとした。

目的は小鬼だ。どこかに閉じ込められている小鬼を探し出し、二紫名の記憶について聞き出さなければ。

みんなは小鬼を「力がない」って言っていたけど、二紫名の異変の前にあった出来事といえば小鬼が来たこと以外考えられないのだ。小鬼は単なる囮ではなく、二紫名の記憶を奪うためにやって来たと考えるのが自然だろう。だとしたら、きっとなにか知っているはず。

でも、肝心の小鬼の居場所がわからない。神社のどこかにいるのは間違いないいんだけど……。なんとか下駄の音を響かせないようにそうっと石段を上る。

「——おい」

「ひっ……！」

向こうから見えないギリギリの角度で境内を覗き込んでいたところ、背後から何者かにガシッと肩を掴まれた。気配なんてまるでなかった。ということは、妖……!? ゴクリと喉が鳴る。

「あ、あの、私……！」

焦って振り返ると、なんてことはない、そこにいたのはクロウだった。

「！……クロ……ふがっ」

「しーっ。二紫名に気づかれる。あいつに会ったらまたややこしいことになって、八重子だって嫌だろ？」

クロウは小声でそう言うと、私の口をふさいでいた冷たい手を離した。

……驚きだ。クロウが私に対して思いやりの気持ちを持つなんて。あの、出会い頭にいきなり「嫁にしてやる」と迫ったクロウが。その後、掌を返したように「臭い」と言い放ったクロウが。彼の成長に、なんだか妙に感動してしまう。

「おいおい、俺に会いたかったからって涙ぐんでまで喜ばなくてもいいだろ。俺だって会いたかったけど神社の外には勝手に出れねーからさ。あおとみどりも『やえちゃんと遊びたいー』っていつも喚（わめ）いてるぜ。連れてきたいところだけど……あいつらがいたら騒がしくって一発でバレちまうからな」

涙ぐんでいた理由はちょっと違うけど、それでもクロウに会いたかったのは事実だ。あおとみどりにも。でも一つ、気がかりなことが。

「でも……私じゃなくても花純さんがいるよね」

最後に彼らを見た時の情景がフラッシュバックする。花純さんの腕に嬉しそうにしがみつくあおとみどり。すんなり受け入れたクロウ。私の居場所はもうないのだと悟ったあの時。

「なぁに言ってんだよ。花純は花純、八重子は八重子、だろ？　俺たちは八重子にだって会いたいぞ。当たり前だろ」

そういえばそのセリフ、縁さまからも聞いた気がする。

昴がいるから花純がいるから、私の居場所はない。いつしかそう思うようになった。そうか、いつの間にか「私なんかいらないだろう」と、私自身を否定してしまっていたんだ。こんなにみんなに愛されているというのに。バカだな……。

「クロウ……」

「それに、花純は俺らとあんまり遊ばねぇんだよ。いつも二紫名にべったりで……って、あ……悪ぃ」

「…………………」

私のなんとも言えない視線に気づき、クロウは即座に口を閉じた。

聞きたくないよ、そんな話。二紫名と花純さんのことなんて。せっかく前向きだったのに、クロウのせいでまた悲しくなってきた。まったく、クロウめ。

「あ、あ～……。で、ここを避けてた八重子が急に来たってことは、なにか用事でもあるんだろ？　協力するぜ」

そうだ。クロウと戯れている場合ではない。当初の目的を思い出した私は、クロウの着物の袖を引き寄せた。

「ねぇ、小鬼を探しているの。クロウなら……小鬼の居場所がわかるかもしれない！」

「小鬼ぃ？　今更なんで小鬼……」

「いいから！　小鬼に聞きたいことがあるの」

「……まぁいいけど。こっちだ」

そう言うと、すかさず私の手を取り大胆に境内の中に入っていく。

「ちょ、ちょっと！　二紫名に見つかっちゃう」

「心配すんな。今あいつは縁んとこに行っている。しばらくは戻って来ねぇだろ」

ずんずん進んでいく先は社務所の脇。たしかに誰にも会わなかったけれど、この先は細くて狭くて人が入るような場所ではない。

「こ……こんなところ……？」

クロウは衣服が垣根に擦れるのにも動じず、一番奥にある垣根の中におもむろに手を突っ込んだ。かと思うと、勢いよく引き抜いた。手にはあの時見た泡のようなものが握られている。

「むぎゃー！　早くここから出すッスよー！　……って人間！」

泡の中でジタバタしていた小鬼は、私の顔を見るなり驚き、それから思い切り顔を顰めた。小鬼はこんなところにいたんだ。

あれから大人しくずっと捕まえられていることから、この小鬼に記憶をすり替える力はないのかもしれない。だけど聞かなくては。あの時のことを――。

「あの、小鬼さん。あなたはなぜここに来たの？　あなた自身の目的があって？　それとも、誰かに命令された？」

「…………」

「あの時ここで一体なにをしたの？」

「…………」

小鬼の口は真一文字に結ばれたまま。彼はつーんとそっぽを向いて頑なに事情を話そうとはしない。可愛らしくても妖は妖だ。そう簡単じゃない、か……。根気よく聞いていくしかなさそうだ。

「はーん、そっちがその気なら……」

しかしそうそうに業を煮やしたクロウは、瞳を燃やしてこの小さな泡をぎゅっと握りしめた。そしてそのまま激しくシェイクする。

「む、むぎゃ……やめる……っス！」

小鬼は泡の中で弾んであちこちぶつかっては、苦しそうに喚いている。このままだと気を失ってしまう。

たしかにこの子が関わっていると思うと憎い気持ちも湧いてくるけど……でもやっぱり私は、誰であっても傷ついてほしくはない。もう一度、落ち着いて話してみよう。

「……クロウ、ちょっと待って……わっ！」

泡に手を伸ばした時、動きにくい浴衣姿の弊害か、足がもつれて前につんのめってしまった。なんとかバランスを取り戻したものの、肩からかけていた小さな鞄からひょいとなにかが落ちていくのが見えた。それは真っ直ぐ転がって、小鬼の目の前でピタリと動きを止めた。なんてことはない、ただの五円玉だ。五円玉……？

「望さまの五円玉……！」

小鬼の歓喜の声でハッとした。そうか、この五円玉は私があの日望さまから貰ったものじゃないか。お財布にしまっていたはずなのに、なんで今ここにあるんだろう。まるで今この瞬間に落ちるために現れたみたいだ。

私はその五円玉を拾おうと腰を屈めた。――だけど。

「そそそそその五円玉をオイラにくれッス……！」

手を伸ばした瞬間に小鬼の声が飛んできた。目を大きく見開いて、泡の中で体を必死に動かしている。それは逃げようとしているというよりかは、私になにかをアピールしているように見える。彼のお目当ては。

「……これ？」

拾った五円玉を小鬼に見せると、彼は何度も何度も頷いた。

「望さまの五円玉ッスよね！　それは百年に一度お目にかかれるかどうかのスーパーミラクルレアなものッス！　お、お、オイラ、望さまの大ファンなんッスよぉ！　お願いだからそいつをオイラにおくれッス～！」

望さまの……大ファン？　まぁたしかに美人ではあるけど……。

妖と神様のよくわからない繋がりはさておき、とある名案が浮かんだ私は五円玉を小鬼に見せつけたまま不敵に微笑んでみせた。何事も上手に交渉しなくては。

「いいけど、その代わり……さっき私が聞いたことに答えてもらうからね？」

「うっ……うう……」

小鬼は苦悶の表情を浮かべている。もうひと押し。

「いらないんだったら別にいいけど」

「ううう……い、いるっ！　欲しいッス！　言うッスよぉ」

涙目になりながら訴える小鬼に、私は内心「しめしめ」とほくそ笑んだ。ただし、すぐに渡すわけにはいかない。「答えたらあげるね」と言うと、彼は驚くほどすんなりと話し始めた。

「あの日、オイラはある妖に頼まれてここに来たッスよ」

――やっぱり。自分が赴くことができないから、妖を遣って攻撃をしかける……真白さんの時と同じ手口じゃないか。ということは、もちろん彼の言う「ある妖」は黒幕のことだろう。

「それは誰なの？」

「オイラはなぁんにも知らないッス。美味しいものをやるからって言われてお手伝いしただけッスよ」

「お手伝いって……なにをしたかわかっているの？　あなたのせいでみんなの記憶がすり替わって大変なことになっているんだから」

あっけらかんと言い放つ小鬼に少し腹が立つ。まるで事の重大さをわかっていないようだ。しかし小鬼は、なにを言っているのかわからないといったように小首を傾げる。

「記憶のすり替え？　そんなのオイラにできるわけないッスよ。オイラがやったのは白狐の手に傷を作っただけッス」

白狐に傷？　たしかにあの時、二紫名は手に傷を作ったけど。

「え……それだけ？　なにか力を使ったとか……そうだ、その妖にもらった道具を使ったとかじゃないの？　道具で二紫名の記憶を盗った……とか。それに、花純さんや花純さんのお父さんにも接触したんでしょう？」

真白さんの時はたしか鈴だった。黒幕の力が宿った道具があれば、力のない小鬼にも記憶のすり替えができるはずだと踏んだのだ。花純さんと戸坂さんの記憶もおかしなことになっているから、真白さん同様、みんなに接触して記憶をすり替えたに違いない。

だけど小鬼はふるふると首を横に振った。

「いいや、オイラは他の誰にも会ってないッスよ。白狐に傷をつける、それだけでいいと言われたッス」

そんな……。それじゃあ、記憶のすり替えにこの小鬼は関係ない？　でも、黒幕が一枚噛んでいることはたしかなのだ。では、どうやって——。

「あんたがやったんスよ」

聞こえたのは耳を疑うようなセリフ。小鬼が「キヒヒ」と嫌な笑みを浮かべる。

「私？　私に記憶のすり替えなんてできるはずないじゃない。それに私が二紫名に危害を加えるなんて、そんなこと……」

——あり得ない。これだけはハッキリ言える。私は小鬼のつぶらな瞳をじっと見た。

「ねぇ、お願い。どうやって記憶のすり替えを行ったの？　どうすれば元に戻るの？」

「さぁー、オイラは知らねッス。あんたがやった、それだけしか言えることは……——」

と、次の瞬間、どうやったのかはわからないが、泡がパチンと弾けて自由になった小鬼がクロウの手から飛び出して来た。そのスピードはやっぱり素早く、あっという間に見えなくなる。

「——ないッス！」

そう言い残し、遥か彼方へ消えていった。ふと手を見ると、案の定五円玉は消えていて。

「……やられたっ！」

空っぽになった掌を額にあてる。唯一黒幕と交渉し、その事情を知っているであろう小鬼を、またもや逃してしまったのだ。これで解決すると思ったのに。

手がかりは、小鬼が言ったあの言葉「あんたがやったんスよ」のみ。なにか知っている風ではあったけど……ただの揺さぶりか、それとも。

「あー……八重子。八重子がやったかはさておき、二紫名になんらかの力が働いているのは確定なわけだろ？　それに小鬼を捕えていた泡が弾けたってことは、アイツの力が弱まってるってことだと思うぜ。急いだほうがいい。ひとまず縁に相談すれば？」

そうか。小鬼がなにかをしたわけじゃなくても、黒幕からの指示があったということは、二紫名の記憶のすり替えは黒幕によって確実に行われたはずなんだ。ここから先は私一人ではどうしようもない。それに、二紫名のことが心配だった。

「あ……でも、縁さまのところには二紫名がいるんだよね？」

「俺がアイツの気を引いておくから、その隙に拝殿に忍び込め」

そう言ってニカッと笑うクロウは、いつにも増して頼もしかった。

拝殿はさっきまで二紫名がいたとは思えないくらい静まり返っていた。

「――二紫名のことだね」

約一週間ぶりに会った縁さまは、私を待ち構えるように賽銭箱の上に鎮座して、私を見るなりそう呟いた。全てを見据えるかのような深い瞳に吸い込まれそうになる。

「縁さま、わかって――」

「うん、二紫名の様子が変なのは気づいていたよ。八重子にも伝えたかったけれど、君がここに来ないんじゃあ伝えられなくてね」

「ごめんなさい……」

「いや、今はそのことはいい。それより問題は二紫名の記憶だ。黒幕が手引きしたのが本当なら、一度、二紫名の記憶の中に入る必要があるね」

――二紫名の記憶に……！

縁さまが私の目を意味ありげにじっと見つめた。

「二紫名の記憶はすり替えられてしまった。いや、もしかしたら植え付けられたのかもしれないね」

「植え付ける？」

違いがわからずに首を傾げる私に、縁さまは前のめりになって説明をしてくれた。

「前にも聞いたと思うけど、記憶というものは神が管理するものなんだ。強い力を持つ妖は、たとえ道具を使って記憶を盗ることはできても、保持することはできない。その場合、一時的にその記憶を『仮宿主』に隠さなければならないんだけど……その『仮宿主』にも条件があったのは覚えている？」

「えっと、たしか……力があって、心に迷いがあって、思考が混沌としている……でしたっけ？」

「そう。その条件に当てはまる人物がいない場合は記憶を盗ること自体が不可能になるから、妖は自身の力を使って新しい記憶を植え付けるしかなくなるんだ。もしそうなら、記憶の中の植え付けられたものを引き剥がせば、元の記憶を取り戻すことができるはずだよ」

「もし、植え付けられていなかったら……」

「その場合は、仮宿主を探すところから始めなければいけないね。僕たちの周りに条件に当てはまる人はいないから……探し出すのに時間がかかることになるだろう」

ごくん、と唾を飲み込んだ。時間がかかるかもしれない。でも、もしかしたらすぐに取り戻せるかもしれない。一か八かの勝負だ。

「八重子、妖は妖の記憶の中に入れない。つまり、今回は正真正銘、君一人で入らなければならないことになる。それでも二紫名の記憶の中に入る覚悟はある？」

形のいい唇から飛び出た鋭い言葉に、私は思わず息を呑んだ。

記憶の中に入ったのは二度。その内、他人の記憶の中へと入ったのは一度だけだ。あの禍々しい空間、周りを飲み込むほどの殺気、込み上げてくる負の感情。悲しくて、辛い。あの空間は心地いいものとは言い難かった。それに加えて今回は二紫名の——妖の記憶だ。縁さまの表情から察するに、きっと一筋縄ではいかないのだろう。そんな中、私一人で入らなければならないということがなにを意味するのかは、わかっているつもりだ。

だけど、私の心はもう決まっていた。

「——あります！」

即座に答えると縁さまが安心したかのようにホッと息を吐いたのがわかった。

なにが起こっても、私が記憶を取り戻してあげたい。その気持ちは変わらない。

「おまえ」

背後で石段を上る足音がしたと思った次の瞬間、氷のように冷たい声が聞こえてきた。この声は……二紫名の声だ。まだ会いたくなかったのに。たちまち金縛りに遭ったみたいに体が動かなくなり、振り向くことができない。

「八重子、悪ぃ。引き留めきれなかった」

後ろからクロウもやってきたみたいだ。その姿は確認できないけれど。

「――いや、クロウ。ちょうどいい頃合いだよ。どのみち二紫名にはいてもらわないと困るからね」

「縁さま……これはどういうことですか。この娘は一体……――」

困惑する二紫名を前に、縁さまが手を振りかざした。なにをするのかと考える間もなく、後ろでどさりと倒れる音と、ややあって「うおっ」とクロウの驚く声がする。

恐る恐る振り向いてみると、さっきまで話していた二紫名が倒れていた。

「ゆ、縁さま！　二紫名が……！」

「大丈夫。僕の力でちょっと眠ってもらっているだけだから。さぁ、記憶の中に入るなら今のうちだよ、八重子」

今までと同様に記憶へ入る道を創る神力を創り出すための道具である「ビー玉、オルゴール、指輪」を三角形になるように置いていく縁さま。その中心に寝かせられている二紫名は、人形のようにじっと動かない。こんなに無防備な彼の姿を私は初めて見た。

ばか二紫名……こんな時に寝顔を見ることができたって全然嬉しくないよ。

次目覚めた時はニヤリと笑って、私をまた「八重子」と呼んでね。その真白な寝顔に心の中でそっと呼びかけ、私は慣れた足取りで三角形の中に足を踏み入れた。今回は不思議と嫌な感じはしない。それどころか、どこか心地いいような、変な感覚だ。

「いいかい、八重子。注意事項はいつもと一緒。長居しないこと、二紫名以外についていかないこと、会話しないこと。そして……なにがあっても干渉しないこと」

「え……？」

「見届けてあげてほしい。……いいね？」

見届ける……。縁さまが念を押すということは、きっととても重要なことなのだ。

私が頷いたのを確認して、縁さまは両手を胸の位置で合わせ、なにかを唱え始めた。たちまち強い風が巻き起こり、そのすさまじい風圧に私はぎゅっと目を閉じる。視界が閉ざされると急に今一人ぼっちなのだと実感が湧いてきた。今回は私の手を握ってくれる二紫名はいないんだ。

本音を言うと、私だけでできるのか不安だし心細いし、怖い。だけど……二人で乗り切ろうね、二紫名。私は彼の手の感触を思い出し、空っぽの手を強く握った。

「大丈夫、植え付けられた記憶はすぐにわかるはずだよ。なんたって君は……――」

縁さまが言った言葉を最後まで聞き取る前に、私は意識を手放した。

＊　＊　＊

——温かい。体の内からぽかぽかとしたものが生まれるのを感じる。これは、私の記憶を取り戻した時に記憶の道に入った時と同じ感覚。こんな感覚をまた味わえるとは思っていなかったので、意外だった。

『おや、これは。珍しい客人だ』

心地いいまどろみの中、聞きなれない声が耳に入ってきて跳ね起きた。しかし目を開けてもそこには誰もいない。今の声は一体？　いや、そんなことより——。

「なんて、なんて……」

綺麗なんだろう。目の前に広がる見たこともない景色に私は言葉を失った。心が打ち震えているのが自分でもわかる。

私はどうやら、大きな木の根っこの上で目を覚ましたらしい。

その幹は信じられないほど太く、見上げても果てまで確認できないほど大きい。高いところで枝が四方八方に伸びて空を覆い、枝の隙間から見えるのは、深い、紫色の空と今にも落っこちてきそうなほど大きな三日月。空中には大小さまざまな球体が、まるで蛍のように光を点滅させながらゆっくり降ってはまた昇ってを繰り返している。それは手のひらに当たるとぱちんと弾けて、辺りを眩い光で包むのだった。その光のおかげで街灯がなくても周りは十分に明るく、かやぶき屋根の小さな家が遠くまで建ち並んでいるのが見える。足元には草が生い茂り、名も知らない白い花が咲き乱れていた。

この幻想的な場所はどこだろう。昴の時はたしか、果てしない空間に「記憶の塊」が並んでいたはずだけど……これはどう見てもあの時のものとは違う。縁さまのコントロールのなさを思い出し、嫌な予感が脳裏を掠めた。

『ここがどこだか知りたいかい』

――さっきの声！

低くて年齢を重ねた深みのある声だ。誰？　まさか、私が見えている？　きょろきょろと辺りを見るも、やっぱり誰もいない。

『ここだよ、ここ。お嬢さんのうしろさ』

うしろ……。声の通り振り向いてみるが、そこにはもちろん大きな木の幹があるだけだ。いや、まさか……。

『はっは、そうだ、私だよ。ここの神木さ』

まさか、本当に？　木が喋るなんて信じられない。いや、喋っているのではない。私の心に直接語りかけているのだ。

「あの、私……――」

そこまで言いかけハッとして口を閉じた。会話はしてはいけない……それがこの世界での約束だったじゃないか。

『大丈夫だ、人間のお嬢さん。私はただ里を見守る木。なんにも心配することはない』

本当だろうか。まだ疑ってはいるものの、ご神木の説得力のある声に背中を押され、つい言葉が口から飛び出てしまった。

「里……里っていうことは」

『そうさ、ここは遥か昔から狐の妖たちが暮らす、狐の里。人間がやって来たのは何年ぶりだろうね』

狐の里……ここが！　それなら浮世離れした景色にも納得だ。

ということは、私は二紫名の記憶の中に無事入れたのだ。恐らく、例の「記憶の塊」の一つに直接入ってしまったのだろう。

けれども肝心の二紫名の姿が見当たらない。二紫名の記憶なんだから、二紫名がいなくちゃおかしいのに。

それに、記憶を植え付けた気配もまるで感じなかった。ここではないのかもしれない。でも、なぜかこの空間にひどく惹きつけられるのだ。

『どうだろう、この里を散策してみてはいかがかな。なにか面白い発見があるかもしれない。なぁに、私がいつでもお嬢さんを頭上で見守っていよう』

ご神木に促され、私はゆっくり立ち上がった。散策している中で二紫名に会えるだろうと思ったのだ。

歩くたびに足元の花がシャラシャラと音をたてて揺れる。ここが狐の里。二紫名が生まれ育った場所……そう思うと心臓が高鳴った。知りたいんだ。この場所のこと、二紫名のことを――。

しばらく歩くと、さっきは見えていなかった狐の妖たちが次々と現れては私の横を通りすぎていく。どうやら私のことは見えていないようだ。

私は「狐の里」と聞いて、ずっと「白狐と呼ばれる存在が住む村」を想像していた。それこそ、二紫名のような見た目の妖が大勢いるものだとばかり思っていたのだ。

だけど、実際彼らを目の当たりにすると、私の想像がいかに安易だったか思い知らされる。白狐だけではない。黒に赤、金や銀と、その毛色もさまざまで、こうして見ると実に鮮やかなものだった。それに尻尾が九本ある狐や管のように細長い狐もいる。

『狐にもいろいろいるのさ。赤いものは赤狐（せきこ）。黒いものは黒狐（くろこ）、そちらでは北斗七星の化身と呼ばれているかね。金狐（きんこ）は日を、銀狐（ぎんこ）は月をシンボルにしている。九本の尾を持つ者は九尾の狐で、あの細長い者は管狐（くだぎつね）だ』

伸びた枝からご神木の声がした。

興味深いのはその色だけではない。獣――いわゆる狐の姿で服を着て二本足で歩く者もいれば、耳と尻尾だけ生やした半分人間の姿で過ごしている者もいるのだ。

『かーちゃん、今日のご飯はなぁに？』

『ふふふ、今日はあなたの好きなものよ』

と、そこへ私の胸元ほどある狐と腰より小さな狐が私を追い越していった。二匹とも二本足で歩き、しっかりと手を繋いでいる。それにその会話内容から考えるに、きっと親子なのだろう。

　――人間と同じだ。妖も、家族を持ち、慈しみ、生活を営んでいるのだ。

『お嬢さん、妖は特別な存在だと思っていたかい？　君たち人間と変わらない、ただ住む場所が違うだけなのさ』

　ご神木の声がして見上げると、七色に輝く葉っぱがさわさわと揺れている。揺れは隣の葉にもそのまた隣の葉にも伝染していった。さわさわ、さわさわ、囁きが拡散する。

『さぁ、もっと覗いてごらん』

『お嬢さんの目で確かめてごらん』

『今この里でなにが起こっているのかを』

　この里でなにかが起こっている……？　でも、そうか。いくらコントロールの悪い縁さまといっても、全く関係のないところへは飛ばさないだろう。きっと、ここは二紫名にとって重要な記憶。でもその二紫名がいないんじゃ……――。

『……おい、聞いたかいお前さん』

　ある家にさしかかった時、その中から聞こえてきた声に私はピタリと足を止めた。慎重に、声を潜めて話す口ぶりは、なにか大事なこと――とりわけ後ろめたいことを言うに違いない。無性に気になって、窓の隙間から様子を窺ってみることにした。

　家の内装は、板の間の真ん中に囲炉裏が置いてあるだけの質素なものだった。それを人型の、狐の面を被った年配の妖たちが囲んでいる。なにかの会合だろうか。

『ああ。あの若い狐……やはり相当力があるそうな』

『そうだろう、そうだろう。あの一点の穢れもない、真白の髪。美しく深い群青の瞳。いずれは仙狐……いや、天狐にもなりえる存在だろう』

そうだそうだ、と周りの妖が賛同する。しかしそのうちの一人がおもむろに手を挙げた。

『しかしあの若さだ、まだ自分の力に気づいてはおるまい』

『ああ、それは厄介だ。いつ力が暴走するかわかったものじゃない』

『やはり……あのまま幽閉するしかなさそうだ』

一人の妖に、みんなが一斉に注目した。ざわざわと意見が飛び交う。そのうち、一番年配だろう妖が口を開いた。

『いや、その方がよかろう。我々の手で大事に育てようではないか。未来の長を』

『では決まりだ。いいか、ここでのことは他言無用であるぞ……』

内容はよくわからないが、ある妖の処遇についての相談のようだ。そしてその妖というのは……。「真白の髪、群青の瞳」聞こえてきた言葉から、二紫名のことのような気がしてならない。

妖たちは互いに頷き合ったあと、合図もなしに一斉に立ち上がった。さっきまでの饒舌さとは打って変わって、誰もがみな押し黙っている。戸を開けぞろぞろと出てくる中、ある一人が急に私の方に向かってきた。突然のことで驚きつつも、ぶつかるはずはないと高を括っていたのだけれど。ちょうどすれ違う時、肩と肩が触れ合ってしまった。

──トンッ

『……おや？　今誰かにぶつかったかね？』

『うん？　なにを言っているのだ。誰もいないではないか。行くぞ』

ぶ、ぶつかった……！　今、たしかに左肩に感触があった。姿は見えなくても、実体として感じることができるということか。

これだけ密度が高いのだ、妖に見つからないように調査を進めるのはかなり難しいかもしれない。記憶の世界で私という存在がバレたらどうなるか……縁さまからはなにも知らされていなかった。

とにかく、私の存在がバレる前に、一刻も早く二紫名を探さなければ。もし、彼らの話が二紫名についてなら、どこかに幽閉されていることになる。

里を見渡してみるが、同じような造りのかやぶき屋根の家があるだけで、当然どこに幽閉されているかなんてわかるはずもない。幽閉場所がそうわかりやすい場所にあるとも思えないけれど。

『おや、なにか探し物かな』

「……二紫名を……二紫名を探しているの。どこかに幽閉されているはずなんだけど」

七色の葉がひらりと翻る。

『そうか、あの狐は二紫名と名付けられたのだね。あの狐のことはお嬢さん、あなたの方がよく知っているはずだ。さぁて、自分の心に聞いてみるといい』

私の心に？

半信半疑ながら、じっと目を瞑って意識を集中させた。以前同じように昴の大切な記憶の在処を探し出したことがあった。あの時はそう、こうやって目を閉じ右手をまっすぐ伸ばして――。

その時、右手が勝手にピクリと動いた。心臓がずくんと疼く。わかる……二紫名の居場所がありありと浮かんでくるのだ。この感覚を私は知っていた。ゆっくり目を開け見つめる先……――あの奥だ。

歩いていくと建ち並んでいた家がパタリとなくなって、更に進んでいくと次第に白色の花の姿も見なくなった。なんて寂しげな場所。

途中、ぽつんと小さな建物が現れたが、すかさずご神木が『ここは長の家さ』と私に告げた。長の家というにはあまりに貧相で、そして狭いのではないか。石でできているであろう小さな建物には窓が一つもなく、人が二人ほどしか入るスペースがなさそうだ。これではまるで牢獄――。

私の考えていることがわかるのか、頭上の葉が小刻みに揺れた。

『長になると、こうして里のはずれに特別な家を建てることができる……と里の者は考えている。しかし本音は、こうだ。長として里をまとめてほしい、有事の時はその力で守ってほしい。けれども自分たちはその力が怖いから、なにもない時はこうして閉じ込めて、じっとしていてほしい……というわけさ』

「そんな……ひどい」

『けれどもみな疑問に思ったことなどない。長とはそういうものだと心に刻み込まれている。それがたとえ長本人であっても。誰かがこの習わしに疑問を持たなければ、きっと永遠にこのままだろう』

ご神木の言葉には重みがある。この里を何年も何十年も、もしかしたら何千年も見守ってきたのだから。

この習わしが今更そう簡単に変わらないことはわかりきっていた。だけど、そんなのっておかしいと思う。里を守りまとめる長が、あんな風に寂しく暮らさなきゃいけないなんて……。

しばらくモヤモヤした気持ちで歩き、辿り着いたのは、木々に囲まれた開けた空間だった。街灯の代わりを成していた浮かぶ球体がないので、この付近だけ妙にほの暗い。

目を凝らして観察すると、小さな洞窟が人目を避けるかのようにひっそり存在しているのがわかる。きっと、誰もが見向きもしない場所なのだろう。蔦が洞窟の出入り口をふさぐようにして伸びており、そこにはやっと人一人が通れるくらいの隙間があるだけだった。

こんな場所に二紫名がいるというのか。こんな寂しい場所に、一人で。そうであってほしくはないと思う反面、私の感覚はたしかにこの場所を指している。

おそるおそる洞窟の中に足を踏み入れた。中はじめじめしていて、水滴が落ちる音が反響している。例え難い異臭が鼻に纏わりつき、ひどく不快だ。なにより真っ暗でよく見えないのだ。

ごつごつした足場を一歩一歩確かめながら歩いていくと、洞窟の最奥に辿り着いた。これ以上は前に進めそうもない。でも、二紫名は……？

ご神木に問いかけようにも、洞窟の中までは枝葉が伸びておらず、声が届かないようだ。

――ケホ。

その時、どこからか咳き込む音が聞こえてきた。静かな洞窟内ではほんの小さな音でもやけに際立つ。――誰か、いる。

ドキドキと心臓が脈打つ。声の主をこの目で見ようとゆっくり体を回転させたら、ようやく闇に慣れた目が物々しい鉄格子を捉えた。

近づくとわかる、錆びた匂い。きっと古くからある鉄格子なのだろう。その奥に、あおやみどりよりも幼い見た目の着物姿の少年が、足を抱えるようにして座っていた。

顔を半分うずめ、落ち窪んだ目だけをぎょろつかせている。頭から生えた獣の耳はへにゃりと垂れ、着物からは骨と皮ばかりの手足が伸びていた。けれども、少年の長い真白の髪は闇の中でも輝きを放つほど美しく、そのちぐはぐさがかえって不気味でもあった。もしかして……いや、もしかしなくても彼が……。

意を決して近づくと、まるで吸い込まれるように体は鉄格子をすり抜けた。少年の間近に迫るが、彼もほかのみんなと同様、私の気配を感じ取ってはいないようだ。

よく見えなくても、姿かたちが今と違っていても、私にはわかる。この少年が二紫名なんだ。

わかった途端、涙が込み上げてきた。なんで……こんな姿でこんな場所に幽閉されなくちゃいけないの。まだ幼い子供じゃないか。

これは「過去」で「記憶」だということはわかっている。わかっているけど、やりきれない思いが私の中で爆発しそうだった。

——いつ力が暴走するかわかったものじゃない。

年配の妖の言葉を思い出す。だとしたら、二紫名はなにもしていないのに、ただその力の強さ故に幽閉されていることになる。そんなの……ひどすぎる。

本当は今すぐ彼を解放してあげたい。あたたかい部屋であたたかい食事を出して「大丈夫だよ」って抱きしめてあげたい。だけど……記憶に干渉することは禁忌だと、縁さまが言っていた。

私は歯痒くて、二紫名を見つめてただ唇を噛むことしかできない。

『——ここが、例の』

突然見知らぬ声が反響して、私の体はビクンと跳ねた。気配も、足音すらもまるでなかったのだ。誰かがこっちに向かってくる。

『そうだ』

『随分と暗く、じめじめしていますね。お世辞にも住み心地がいいとは言えませんが』

『はっはっは。そうだろうねぇ』

『食事などは？』

『二日に一度、係りの者が運んでいる。栄養失調で死なれては困るからな』

『ここまでする理由がおありなのですか』

『この方が好都合なんだ。この場所では生きる活力をなくすだろう？　力を解放しようなどとはそうそう思えないんだよ』

『なるほど……』

話し声は徐々に大きくなり、ついには鉄格子の真ん前に、狐の面を被った銀色の髪の二人組が現れた。ランタンの灯りが二人の姿を闇の中にくっきり映し出す。

小柄な一人はさっきの会合にいた年配の妖だろう。その着物の柄に見覚えがあった。そしてもう一人はあの会合に参加していない妖だろうか。背が高く、背筋もピンと伸びていることから察するに、若者のようだ。二人は話すのを一旦やめ、ランタンを二紫名の方に向けた。

照らされたことで彼の姿がはっきり見えるようになり、その腕に、足に、無数の傷跡がついていることに気づいた。着物は元の色がわからないほど汚れ、みすぼらしさに拍車をかけている。渇いて感情を失った瞳は、けれども美しい群青色をしていた。

光を浴びた二紫名は眩しそうに眉を寄せたものの、なにを発するでも二人組を見上げるでもなく、時々咳をしながらじっと地面を見ている。

『しばらく見ていても？』

『ああ、構わんよ。ただねぇ、話しかけてもろくに返事をしないんだわ。最近じゃあ鞭で打

って も鳴きもしない。長になるにはそこら辺の教育をしないと、とは思っているんだが。……まぁ、好きに観察してってくれ』

年配の妖は「やれやれ」といった具合に首をすくめると、そのまま出入り口に戻っていった。残されたもう一人は狐面のせいでその表情はわからないが、じっと黙って二紫名を観察しているようだった。

彼らはなんの目的があって来たのか。これ以上二紫名を傷つけるようなら、私は今度こそ我慢できないかもしれない。狐面の妖の手が伸びて、緊張が走った。

『──私はあなたの兄です』

罵声を浴びせるつもりかと思ったが、鉄格子を掴んだその妖は、静かにそう呟いた。罵声どころか、どこか温みを感じる声だ。それに「兄」って……。

この妖が二紫名のお兄さんの「一瑠さん」で、いずれ二紫名のことを恨んで憎むようになるという「黒幕」なのだろうか。その柔らかい雰囲気からは、にわかには信じられなかった。

しかし二紫名はというと、一瑠さんの言葉に相変わらずなんの反応も示さない。

『ここでの生活はあまりいいものではないようですね』

一瑠さんだけではない。きっと誰にも興味がないのだろう。この世の全てを諦めたような目をしている。美しいのに、なんて悲しい瞳だろう。

『実は私は、今度、ある神のところに修行に行くことが決まっているのです』

それでも一瑠さんはめげずに淡々と言葉を紡いでいった。

『神のところに行けば、この窮屈で屈折した世界ともしばしお別れができるのでね』

ふふ、と穏やかな笑い声。その言葉は冗談なのか、それとも。

たしかに、狐の里に初めて来た私でも違和感があった。人間と同じく、普通の生活を営む彼らだけど、唯一「長」についてはその扱いが独特なのだ。長になってまとめてほしい、だけど力を恐れて幽閉する……なんて、矛盾している。この文化に疑問を持つ者がいてもおかしくはないだろう。

『……あなたも行きませんか』

自然と零れたその言葉に、二紫名の指がピクリと動いた。ここにきて初めての反応だった。

二紫名はゆっくりと、動くということを思い出すかのように頭をもたげた。二人の視線が交差する。

『行きましょう』

今度は力強く頷き、無言の二紫名に手を伸ばす。その手が二紫名に触れようという瞬間、バチッという音とともに目の前で電流が走ったような気がした。ほどなくして視界は真っ暗になる。

『私に提案があります。あの狐を神の元で修行させるのはどうでしょう』

『なにを……！　あそこから出すというのか!?　そんなことをしたらどうなるか……自由を与えられたあの狐は力を暴走させるかもしれないぞ』

『そうならないように修行をさせるのです。力をコントロールすることができれば、長としての素質も芽生えるでしょう』

『しかし……』

『よいではないか。あの狐の修行を認めよう』

『長……――！』

意識が遠のく中、妖たちの話し声が微かに聞こえてきた。一瑠さんが二紫名のことを庇っているのがわかる。二紫名をあの場所から逃がそうとしているんだ。

そんな優しさを持った妖が、本当にいろいろな騒動を引き起こした「黒幕」なんだろうか。やっぱりまだ信じられない。

再び明るくなったと思ったら、目の前の景色が一変していた。暗くじめじめした洞窟は、眩しい陽光に包まれる。真っすぐ続く石畳の道、龍の口から水が流れる手水舎（ちょうずや）に、結ばれたおみくじ。風がそよぎ、周りを取り囲む木々がさわさわ揺れている。

緑が目にも鮮やかな季節。見覚えのある景色であるここは……――鈴ノ守神社だ。神社……ということは、あのあと二紫名は無事に洞窟から出てこられたのだろう。そして今は、修行中なのだろうか。

『――困ったものだよねぇ』

――この声は！

ため息混じりの縁さまの声が聞こえてきた。

私はそっと縁さまがいるであろう拝殿に忍び寄る。いつも通り賽銭箱の上に寝転ぶ縁さまの前には、狐面の妖が一人。きっと一瑠さんだろう。二人はなにやら深刻そうな雰囲気を醸し出している。

『修行が進みませんか』

『違うよ。二紫名は真面目だし、若いからか飲み込みも早い。力のコントロールも十分だと思う』

『では……――』

一瑠さんの言葉は縁さまの大きなため息でかき消された。

『でもさぁ、反応しないんだよ、名前に！　せっかくこの僕がつけてあげたっていうのに、なんでああも頑ななのかな。ここに来てもう一年だというのに、僕は未だに彼の笑った顔を見たことがないよ』

『彼は……二紫名は、生い立ちが複雑なのです。生まれてすぐ幽閉されて……外の世界はおろか里の生活すらまともに知りません』

顔は見えないが一瑠さんの声色から落ち込んでいることがわかる。

そうか、二紫名はまだ感情を表に出せていないんだ。洞窟での生活がそれほどまでに彼の心を蝕んでいたことがわかる。可哀想な二紫名……。

縁さまはそんな一瑠さんの頭を、まるで子供をあやすみたいにそっと撫でた。

『僕はね、あの子が来た日のことを今でも鮮明に覚えているよ。君に連れられてここに立った彼は、まるで魂が抜けたような顔をしていたね。痩せっぽちでしゃべらない……あんな白狐は初めて見たよ』

『……申し訳ございません』

咎められたと思ったのか、一瑠さんは頭を下げた。

『でもね』

縁さまは優しく一瑠さんの顔を覗きこむ。その瞳は慈愛に満ちていた。昔から変わらない縁さまの愛情深さにホッとする。

『でもね、僕はそんな彼だからこそ、幸せになってほしいと心から願うよ。せめて人間界にいる間は……ね』

こちらにいる間は──。

縁さまはそこまで言うと、不意に空を見上げた。

縁さまに続いて一瑠さんと共に空を見ると、そこには、狐の里にはなかった太陽が、温かく彼らを照らしていた。ぽかぽかと体の芯まで温かくなる。

そうだ。ここは、狐の里とは違う。人間界には、二紫名を苦しめるすべてのものがないのだ。ここにいる間は二紫名には幸せでいてもらいたい。

現状がどうであれ、この太陽に照らされて、彼の心もどうかどうか癒されますようにと祈るばかりだ。

再び世界は暗転し、次に見えてきたのは神社の社務所だった。普段転がっているあおとみどりの遊具は見当たらないことから、二人はまだ神社に住み着いていないことがわかる。

そこにいるのは二紫名ただ一人。机に向かって正座をし、じっと目を閉じている。その姿は、遠い夏の日、私が見た幼い二紫名を思い起こさせた。

上等な薄紫の着物を着てふっくらと肌艶がよくなった二紫名は、あの洞窟で幽閉されていた頃と比べて見違えるほどだ。食事も寝る場所もきちんと与えられ、豊かな生活をしているのがわかる。

『二紫名?』

戸を開いて現れた一瑠さんが、二紫名に近づいていく。

『二紫名』

二度目の呼びかけでようやく目を開いた二紫名は、無表情のままゆっくり振り向いた。

『なにをしているのです?』

『……瞑想を、していました……兄上』

——声が!

か細くて小さな声だけど、たしかに二紫名が声を発している。それだけでもとても進歩したように感じ、胸がいっぱいになった。

『そうですか、それはいいことですね』

そう言いながら同じく正座した一瑠さんに、二紫名は不思議そうに小首を傾げた。その拍子に頭から生えた狐耳がピクリと動く。

一瑠さんを纏う空気がピリリと引き締まった。きっと狐面の奥の目も真剣だろう。今から大事な話をしようとしているのだとわかる。

『……二紫名。あなたは自分の名をどのように思いますか？』

質問の意味がよくわからないのだろう。ややあって、二紫名は『わかりません』とだけ答える。

そう答えることがわかっていたのか、一瑠さんは咎めることなく話し続ける。

『神が名をつけるのは『自分の所有する妖』だという印をつけるためですが、そこには『家族として守る』という意味が隠されています』

『かぞく……』

『ええ。縁さまから名を貰った時点で、あなたは縁さまの家族なのです。もちろん、同じく縁さまの弟子である私とも。縁さまはあなたのことを心から愛し、そしていかなるものからも守るという覚悟で名付けられたのですよ』

二紫名の群青の瞳がガラス玉みたいに真ん丸になった。

『愛し……守る……よく……わかりません、兄上』

相変わらず表情自体はないものの、一瑠さんの言っていることが理解できないことに対して僅かながらも歯痒さを感じているようだった。二紫名は顔をそっと伏せた。

その様子を見て、一瑠さんが「ふふ」と笑う。

『大丈夫。今はわからなくても、これからわかっていけばいいのです――』

一瑠さんの心地いい声に意識がまどろむ。

それにしても、元気そうな二紫名の姿が見られてよかった。表情は乏しいけれど、それでも健康であることには違いない。

少しずつ二紫名の生活が潤っていく。それはとても幸福なことだった。このままなにごともなく、彼の生活を見守っていきたいとすら思う。

暗転したのち目覚めると、今度は桜の花びらが視界いっぱい広がっていた。淡いコバルトブルーの空からひらひら花びらが舞い落ちる。……春だ。

『兄上ーっ！　桜をつかまえました！』

いきなり聞こえてきた元気いっぱいの声に、驚き振り向いた。この声は……！

境内にある一本の桜の木の下で、薄紫の背中が飛び上がっているのが見える。めいっぱい上に伸ばした手にはなにかが握られているようだ。

『ほら、見てください！　落ちてくる花びらをつかまえたのですよ』

くるり振り返り、こちらに向かって屈託のない笑みを浮かべる二紫名の姿に、思わず目を奪われた。あれからどのくらいの月日が流れたかわからないけど、ここまで変われるなんて！

もうすっかり子どもらしさを取り戻した二紫名は、ぷうっと頬を膨らませてこちらに駆けてくる。一瞬私の存在がバレたのかと思ったが、違うようだ。私の真横まで来て『兄上！』と声を荒らげた。

『どうしましたか？』

『どうしましたか、じゃありませんよ！　兄上は本ばかり読んでちっともおれのことを見てくれません。つまらないです』

二紫名の視線の行方を追うと、私のちょうど真後ろ、拝殿に続く石段に腰かけていた一瑠さんが本を閉じ、ふと顔を上げた。

『ああ、すみません。人間界の書物が興味深くて、つい』

手の中の本は、漢字が並んでいて小難しそうだ。人間の私ですら読めるようなものじゃない。

『兄上はおれより人間の方がお好きなようですね』

『ふふ、違いますよ。あなたも読んでみればわかります』

差し出された本を手に取ることなく、二紫名は不満げに顔を顰める。

『お、おれは、人間なんて……嫌いです。あいつら、ここにやってきて好き勝手喚いて……野蛮です』

そう言ったきり黙り込む二紫名の頭を一瑠さんが優しく叩く。

『こら、そんな風に言うものじゃありませんよ。人間にも優しい者もいます。あなたはまだ深く人間を知らないだけです』

『でもっ……――』

『それに、人間と触れ合い、人間との生活に馴染むことも私たちの大切な役目なのですよ』

『…………』

優しく諭され、二紫名は苦しそうに顔をゆがめて俯いてしまった。ほんの小さな声で『でも、どうせおれは』と聞こえてくる。

『いいですか、二紫名。人間をもっとよく観察しなさい。どのような時に笑い、どのような時に怒り、どのような時に悲しむのか。そして人間を愛しなさい。妖と人間が、いつか共に歩む日のために』

顔を上げた二紫名は悔しそうに唇を噛んだ。そして涙目になっていることを悟られないようプイッとそっぽを向く。

『兄上になんと言われようと、おれは人間なんて信じません。それに……あ……あ……愛だなんて！　お、おれには……おれには無縁のものです。どうせいつかは里に帰らなきゃいけないんだから……』

横顔に一筋の光が流れた。美しく、悲しい光。

二紫名の境遇を考えると、私も胸が苦しくなる。あの洞窟での光景が鮮明に思い出せる今、「鈴ノ守神社の白狐」であることがどんなに恵まれているのかわかるからだ。

もし二紫名が長になると決めて里に帰ったら、またあの暗い洞窟に逆戻りなのだろうか。そんなの……絶対に嫌だ。

幸せな光景はまた闇にどっぷりと飲み込まれる。こうしてずっと彼の成長を見守っていたいけれど、そろそろ時間だ。

次に見る記憶が、なんとなく最後の記憶のような気がした。

二紫名に……一瑠さんになにがあったのか。なんで一瑠さんは「黒幕」と呼ばれることになるのか……次の記憶でハッキリする予感がする。体中でぞわぞわと鳥肌がたっているのがわかるけど、最後まで見届けないと。それが、縁さまとの約束だから。

『――大丈夫ですか？　兄上』

闇の中で幾分か低くなった二紫名の声が響く。光に照らされた二紫名は、それでもまだ幼さを残していた。心配そうな瞳で見上げる先には一瑠さんがいる。

『ええ、大丈夫ですよ、二紫名』

『でも……。おれ、手を貸しましょうか』

二人は落ち葉の絨毯が敷き詰められた石段を上っていた。冷たい風が通り過ぎ、その度に赤く色づいた葉がふわり落ちてくる。

一見すると幸せな光景だ。だけど、どこか様子がおかしい。一瑠さんの足がおぼつかないのだ。一段上るごとに足を踏み外しそうになっている。それを気にして二紫名が自身の手を伸ばした。しかし一瑠さんはその手を振り払うように押しのける。

『心配無用です。このくらい、自分で上れます。それにしばらくすれば治るのですから』

『そんなことを言ってもう数週間経ちます。兄上は里に行ってから変です。里でなにがあったかいい加減教えてくれませんか』

『あなたは気にしなくていいことです』

『それは……おれがまだ子供だからですか……』

怒ったような声に一瑠さんが足を止めた。振り向いた時に見えた狐面は、表情が変わるわけはないのにどこか悲しそうに見える。

『違います、二紫名……』

『おれ、知っているんです。兄上が里に帰ってなにをしているのかを。長老たちを説得しているのですよね？　おれを里に戻そうとする彼らから守ってくれているのですよね？　そのことで妖力を使っているのではないですか？　そのせいで、兄上が……』

二紫名の話に、一瑠さんは焦ったように口を挟んだ。

『それは違います。これは、私の不徳の致すところ。修行が足りないのでしょう』

『そ、そんなわけ……！』

『これ以上、この話はやめましょう。あなたは今まで通り縁さまのもとで生活すればいい。それだけです』

そう言い残すと、一瑠さんは前を向いてまたゆっくり石段を上りだした。二紫名は、けれども今度は一瑠さんを追いかけない。その場に留まったまま、黙って一瑠さんの背中を見ている。

一瑠さんが無事上り切ったのを見送ると、意を決したかのように唇をきゅっと引き結んだ。と、突然、二紫名はその身を翻した。彼は勢いよく石段を駆け下りて、そのまま風のように走り出したのだ。しばらくぼんやり見ていた私もさすがにこれには焦った。二紫名に置いて行かれてしまう……！

一瑠さんのことが気になりつつも、二紫名の背中を必死に追いかけた。徐々に世界は暗くなり、闇に紛れて薄紫の着物が微かに見える。このままでは絶対に見失ってしまうだろうと思ったけど、しばらく走ると見える世界は急に姿を変えたのだった。

足元に広がる白色の花。浮かんでは降りる光の球体。遠くまで連なるかやぶき屋根の家々。そして、この場所を象徴する、空を包むように伸びるご神木の枝葉。

幻想的なこの風景は、ついさっき目にしたばかりだった。ここは……狐の里だ。

どうしてまたこの場所に？　追いかけて辿り着いたということは、二紫名がここにいるということだろうか。でも、あんな扱いを受けていたのに、わざわざ戻るとも思えない。二紫名はどこ……？

『おや。お帰り、お嬢さん』

見上げた空……いや、頭上の枝から声がした。ご神木の優しい声が再び聞けて、今はホッとする。

『それにしてもどうしたんだい？　またこの里に用事かな？』

「二紫名が……二紫名を追ってきたんだけど――」

きょろきょろ辺りを見回すと、視界の端にちらりと薄紫の着物が映りこんだ。背丈の高い草に隠れてはいるけど、きっと二紫名だ。

けれどもどこへ向かっているというのか。民家や、かつて幽閉されていた洞窟なんかには見向きもせず、草をかき分け白色の花をシャラシャラと鳴らしながら、誰もいない静かな草原を一心不乱に駆けている。

その様子がどこか異様で……心がざわざわする。なにをしようとしているの？

『行ってあげなさい』

ご神木の声に背中を押され、彼の後を追って走った。そうして辿り着いたのは、私が目覚めた始まりの場所——ご神木の根本だった。なにか目的があってここに来たに違いない。理由を知りたいと思った矢先、

「う……」

心臓がドクンと跳ね、それと同時にさまざまな声が私の体内に波のように押し寄せてきた。

『あれがあれば』

『あの宝玉さえあれば、きっと』

『兄上の体を治してあげたい』

『おれの責任だ』

『おれがなんとかしないと』

『おれだってできるはず……！』

『おれが』『おれが』『おれが』

二紫名の思考が私の心とリンクする。じっとしていられない、焦りのようなものがじわじわ肌を這う。この場所に戻る恐怖心なんか、今は微塵も感じない。あるのはただ、お兄さん……一瑠さんを助けたいという強い気持ちだけだ。

ここに……なにかがあるんだ。一瑠さんを治すなにかが。

二紫名は神木の裏側に回り込もうと再び歩き出した。転ばないように、体全体を使って地に張り巡らされた太い根を乗り越える。

そういえば、あの時は起きてすぐ里に向かったから、木の裏側までは見たことがなかった。いや、そもそも二紫名の居場所がそこを示していなかったから、見ようとも思わなかったのだ。

心音がどんどん速くなる。この緊張感は二紫名の気持ちがリンクしているからか、それとも私自身のものなのか……。それに、空気に直接触れる頬や手がなぜかピリピリと痛みだした。

……嫌な予感がする。

『着いた！』

立ち止まった二紫名の背中越しに、壮観な景色が広がっていた。

里の中心部とは比べ物にならない無数の光の球体が、ある一か所に集まりくっつき合って、一つの大きな塊を作っている。

ご神木の幹までとは言わないが、それでもその全貌はかなり大きい。遠くから見ると一つの大きな建物のように見えなくもない。

球体たちは、昇るでも落ちるでもなくじっと漂い続けて形を留まらせていた。まるで、なにかを守るかのように。なにかを……それは、なに？

絶景のはずなのに……なぜだろう。「この場所は危険だ」と私の直観がそう告げる。なにかとてつもなく強い力を感じるのだ。守られているものは、簡単に近づいていいものではない気がする。

しかし二紫名は、躊躇うことなく球体の中に分け入っていく。

球体は幾重にも重なった層のようになっていて、一つ、また一つと彼の肩や腕に当たり、ぱちぱち弾けて消えていった。球体が消えたことで、人一人分通れる隙間が開き、私はそこ目掛け体を滑らせていく。

中心部に近づくにつれ、肌はより一層痛みを増していた。本当に近づいて大丈夫なの、二紫名――？

『あった……！　これさえあれば……』

大きな塊の中心部。小さな空間に、ビー玉くらいの大きさの赤い石がただならぬ光を発しながら浮かんでいた。ぼうっと見ているとい込まれてしまいそうな、そんな不思議な引力を感じる。

記憶の中だから大丈夫だと思うけど……この石に引っ張られないように気を引き締めなければ。

二紫名は石にゆっくり手を伸ばした。彼の気持ちとリンクした私の胸が、並々ならぬ高揚感と未来への期待でいっぱいになる。

その一方で、私自身としては正直不安だった。ご神木の裏に、しかも球体によって守られている石を簡単に手に取っていいものかと。

希望と不安。両極端な気持ちが存在してぐちゃぐちゃに混ざり合う。落ち着け八重子……。大丈夫、私は……なにが起こっても最後まで見届けると決めたんだ。そう自分に言い聞かせた。

二紫名の手のひらが赤い石を覆う。指の隙間から漏れ出た光が四方に飛び散ったと思ったら——。

——バチッ！

その瞬間、火花を放って石が弾けた。衝撃に、石は二紫名の手から零れ落ちる。カツン、という音を立て地面に落ちたのち色を失い、それは本当にただの「石」のようになってしまった。そして間髪入れずにゴゴゴと地鳴りのような音が響く。なに、これ……。

『え……なんで……おれなら……長候補のおれなら扱えると思ったのに……』

二紫名にとっても予想外なのか、彼の瞳が戸惑い気味に揺れる。

揺れは激しく、立っていられないほどだった。幸い周囲に物体があるわけではないので、なにかが落ちてくることはないのだけれど、それでも危険なことには変わりない。

それに、この揺れの被害がどこまで拡大しているのかがわからない。里の中心部にも拡大しているとしたら……ここでの出来事がみんなにバレてしまう。

地鳴りがやっと収まってホッとしたのも束の間、今度は私たちを囲む球体の光が一斉に消え失せた。突如としてここら一帯は闇と同化する。さっきまでは神聖だとすら思えた静けさが、今ではただただ怖い。

『な、なんだよ、これ……どうしよう……どうしよう……里の宝玉が……！』

暗闇の中、二紫名は体をがたがた震わせて半ばパニックに陥っていた。この石がなんの石なのか私にはわからないけど、二紫名の口ぶりや守られていた状況から、相当強い力を持った里の宝だということがわかる。それが、色を失ったということは——。

その時、球体の向こう、闇路に小さな灯りが浮かんでいるのが見えた。それはどんどん近づいて、あっという間に私たちの元へやって来る。

『二紫名……！』

二紫名の体を抱きしめる一つの影。転がったランタンが二人の姿を照らし出す。

『あに……うえ……？　なんでここに!?』

一瑠さんは今にも暴れだしそうな二紫名を落ち着かせようと、背をさすりながら話し始めた。

『あなたを探しに来たのですよ。様子がおかしかったから、この場所だろうと。……もっと早く来るべきでした。すみません』

『違う！　兄上は悪くないです。おれが……宝玉を手に取ったから……』

二紫名の一言に一瑠さんの様子が一転した。

『なぜ、そのようなことを！　あれは里の大事な宝ですよ。強大な力を持つから簡単に扱えるものではないと、誰であっても手にしてはいけないと、そう教わってきたではないですか』

『だ、だって……！　宝玉さえあれば兄上の目を治せると思ったのです。ちょっと借りて、また戻せばいいと……そう思った……のに……』

バタつかせていた手足はいつの間にかダランと垂れ、その声さえも最後には弱弱しくなっていた。二紫名は一瑠さんの腕の中で「うっく、うっく」と声を押し殺して泣いている。泣き声が切なくて、悲しい。

やっぱりあの石は里の特別なものだったんだ。触れてはいけないほどの。それを知っていたにも関わらず、二紫名は……。

『どうしよう、兄上……。宝玉を取ったのが里のみなにバレたら……おれ……もう縁さまと兄上の元にいられなくなるのかな……また洞窟の奥深くに閉じ込められて、痛いことをされるのかな……』

『二紫名……』

また、あの洞窟に……――。

あの時の小さな二紫名の姿を思い出し、ゾッとした。せっかく人間界に出てきて、普通の生活を取り戻したというのに。そんなことがあっていいの？　二紫名はただ、一瑠さんのためを思って行動しただけなのに。

一瑠さんは泣きじゃくる二紫名の背中をポンポンと二度叩き、なにかを決意したかのようにすっくと立ち上がった。狐面の奥にあるその目は、二紫名ではなく遠くを見据えているのかもしれない。

『兄上……？』

『じきに、異変に気付いた里の者がこちらにやって来るでしょう。その前に二紫名、あなたは鈴ノ守に帰るのです』

『え………』

言葉の意味がわからないのだろう。二紫名は、ぼんやり一瑠さんを見上げたまま首を傾げた。

『兄上は……？　兄上も一緒ですよね？』

けれどもその問いに一瑠さんはゆるゆると首を振る。

『私はここに残ります』

『えっ……でも……それだと兄上のせいに……』

一瑠さんが二紫名を見下ろし、こくんと頷いたことで、言葉の意味が二紫名にもわかったようだ。即座に顔が青ざめる。

『い、い、いけません、そんなこと……！　おれが……おれが残ります！　おれが責任をとらなきゃ』

『いいえ。私がしたことにしなさい』

『でも、でも、それだと兄上があいつらになにをされるかわかりません！　おれの代わりに兄上が！　そんなのダメです！』

『二紫名――』

『こんなことならあの石を手に取らなければよかった……おれ……おれ……なんであんなことを！』

一度は落ち着きを取り戻した二紫名だったけれど、一瑠さんの提案に再び取り乱しはじめていた。何も聞く耳を持たず「いやだいやだ」と泣き喚き、一瑠さんの着物の裾を掴む手をわなわな震わせている。

『いいですか、二紫名』

視線を合わせるためにしゃがみ込んだ一瑠さんは、二紫名の手を掴んで着物からそっと離した。拒絶の意と捉えて必死にもがく二紫名の頭を優しく撫でる。

『……後悔は尊い』

ポツリと。一音一音ゆっくり、諭すように。

――あれ、この言葉……。

一年前の春。祖母の愛を忘れてしまっていたことを後悔した私に対して、かつて二紫名が言ってくれた言葉だ。この言葉のおかげで私がどれだけ救われたか。そうか、二紫名も一瑠さんから……――。

『あ、にうえ……？』

『後悔は尊い。誰にでもできることではありません。ここから、今この瞬間から始めればいいのですよ、二紫名。私は大丈夫。あなたはあなたのやるべきことをしなさい』

見えなくてもわかる。きっと一瑠さんは狐面の奥で微笑んでいるに違いない。かつての二紫名と同じように。

そうだ、全ては繋がっているんだ。

祖母から私に妖たちとのご縁が受け継がれたように。二紫名も一瑠さんからすべてを受け継いでいる。それは、これまでの二人の暮らしぶりからもわかることだった。二人は家族なんだ。一人ぼっちで幽閉されていた二紫名にとって、かけがえのない……家族なんだ。

『――こっちだ！』

見つめ合う二人の間に荒々しい声が飛び込んできた。声のする方向を見ると、遠くからランタンの灯りがいくつも近づいてくるのがわかる。

里の妖たちが気づいたんだ。幸い、暗闇のおかげでこちらまでは見えていないようだった。ただそれも時間の問題だろう。

『二紫名、早く行くのです』

躊躇う二紫名の背中を一瑠さんが強く押す。よろけながら、光を失った球体の外側に歩み出た二紫名だったが、しかしすぐには動こうとしない。チラと灯りの方を見ては、心配そうな眼差しを一瑠さんに向ける。

二紫名にはわかっているのだ。これが永遠の別れになるかもしれないということが。

『兄上……やっぱり、おれ』

いつまで経っても動こうとしない二紫名に向かって、

『……わかりました。動かないというのなら、力ずくであなたを動かすまでです』

一瑠さんはそう言うと、右手を二紫名の方へ突き出した。

柔和な彼からはおよそ聞いたこともないような低く鋭い声に、二紫名は反射的に体をビクリと震わせる。一瑠さんの手に光が集まって……――。

なに？　なにをしようというの？　まさか、一瑠さん……！

――やめて！

私の叫びは、二人には届かない。一瑠さんの手から飛び出た波動が二紫名に直撃した。

そんな……そんな……一瑠さんが二紫名を攻撃するなんて。驚きと恐怖で、二紫名のことが心配なのに体が動かない。

二紫名は……どうなってしまったんだろう。

『う……ん？　ここは……』

しかし私の心配をよそに、二紫名は何事もなかったかのように立ったままきょとんとしている。一瑠さんの攻撃が直撃したように見えたのに……実は当たっていなかったとか？　いや、それにしてもあまりに普通すぎるのだ。さっきまであんなに取り乱していたのに。

二紫名は眠りから目覚めてすぐの子供みたいに、ゆっくりとした動きで目を擦った。そして、一瑠さんの姿を目にした瞬間、彼の様子が一変したのだ。

『ひっ……い、嫌だ……ごめ……なさ……』

彼の目はなぜか赤く光っている。カタカタと震え、その顔は恐怖で真っ青だ。『兄上』と呼び、慕っていたとはとてもじゃないけど思えないほどの豹変ぶりに、私は息を呑んで見守るしかできない。

『っ……！』

突然、声にならない声を上げて二紫名が走り出した。よくわからないけど……とにかく今は二紫名を追いかけるしかない。

走って、走って、走って。やがて世界はぐにゃりと揺らぎ、景色や色、形までもが不安定になった。二紫名はもう、うしろを振り返ろうとはしない。

狐の里と人間界のはざまをまっすぐ走り続け、ある地点で電池が切れたように突然バタリと倒れこんだ。漆黒に浮かび上がるのは真っ赤な鳥居。頭上には普通サイズの三日月が輝いている。

ここは……人間界？　いつの間にか鈴ノ守神社に帰ってきたんだ。

二紫名が無事に人間界に戻って来れたことに対してひとまずホッとした。この場所なら縁さまの力で、たとえ里の妖たちが追って来ても守ってもらえるだろう。

安心したら、急に体中の力が抜けてきた。二紫名とのリンクが強すぎたのか、意識を保てそうにない。待って、まだ二紫名を安全な場所に移動できてないのに。

失われる意識の中最後に見たのは、こちらに向かってゆっくり歩み寄る、白い着物姿の少年だった——。

瞼の向こうが明るくて目を開けるのを躊躇ってしまう。それにぽかぽか温かくって、気持ちいい。なんだか春の日の午後のまどろみに似ている。

起きるのが億劫で、このままずっと寝ていたい気分だ。寝ていたらダメなんだっけ？　私はなにをしていたのか、忘れてしまった。たしか……なにか……大切な使命があったような……。

『八重子』

その時、どこからともなく私を呼ぶ声が聞こえてきた。憎らしくって懐かしい、あの声。

そうだ、私は今までずっと、二紫名の記憶を見てきたんじゃないか。小さい頃、洞窟で幽閉されていた時から。一瑠さんと出会い、一瑠さんに連れられて縁さまのもとへ行き、そこで少年らしさを取り戻していった様子を。

あの後一瑠さんはどうなったのか。神社に戻って倒れた二紫名は？　そこから私の記憶はまったくない。

「二紫名……――！」

勢いよく起き上がり周りを見渡した。倒れた場所と同じなら、ここは鈴ノ守神社のはず……。けれども目にしたのは、見慣れた神社の景色ではなかった。

上下左右、見渡す限り無機質な真っ白い空間が広がっている。私を挟むようにして、二紫名の瞳と同じ群青色した巨大な塊が果てしなく並んでいた。

禍々しさがないけれど、この塊は昴の記憶に入った時に見たものと同じだろう。だとすると、私は一つの記憶の塊から出たことになる。

ううん、いつの間にか出てしまったんだ。

「最後まで見届けられなかったよ……」

誰に言うでもなく呟いた。私の声は反響せずにどこかに吸い込まれていく。『阿呆』と私を叱咤する声も、今は聞こえない。この場所に私はひとりぼっちなのだ。

心細い。寂しい。二紫名……二紫名……！

ぎゅっとこぶしを握って。前を見据えて。縁さまの言葉と二紫名の憎まれ口を思い出し、私ならできると気合を入れる。

しっかりしなくちゃ。待ってて、二紫名。今度こそ、二紫名の記憶を取り戻してみせるから。

記憶の塊に沿って進んでいく。この空間には、色形が同じものがずっと続いているから不思議だ。この中のどれかに、記憶を植え付けた塊があるはずなんだ——。

見た目だけではわかりっこない。ただ私には僅かながら判断材料があった。

一つは、私がいつの間にか記憶の塊から出ていたという事実。自分から出たなんてことはもちろんない。だとすると、きっとなんらかの力によって弾き飛ばされたに違いないのだ。

そしてもう一つは、おかしくなった二紫名の言葉。彼は私のことだけじゃなく「黒幕」についても知らないようだった。私の記憶と一緒に黒幕の記憶まで失っていると考えるのが自然だろう。

その二つから考えるに、恐らく黒幕が本当に消し去りたいのは「黒幕について」の記憶。だとすると——。

私は立ち上がって目を瞑った。これまでと同様、右手を前に突き出して意識を集中させる。この膨大な記憶の中から目当ての記憶を見つけるのは至難の業だということはわかっている。だけど、これまでの経験から私ならできるとも思えた。

——だとすると、考えられるのはただ一つ。記憶が植え付けられたとしたら、それは二紫名と一瑠さんに関する記憶。私は彼らの結末をなにがなんでも見なければいけない。

ずくん、心臓が疼き右手が反応を示した……わかった、あの塊だ。

塊の前に立ちゆっくり侵入を試みる。右足を入れたところでバチバチバチ、と激しく火花が散った。ここまで私を拒絶するなんて。けれども不思議と痛みは感じなかった。そのまま体全部を無理やり押し込んで記憶に没入する。

——二紫名の世界が再び開ける。

淡い、金色の光が神社全体を包み込んでいた。その景色は、まるで鈴ノ守(ここ)が特別だと告げているようで美しく、思わず息を呑む。

雀が境内に飛んできては、鳴きながら跳ね動く。見下ろす街並みはまだ夜の匂いが残っていてしんと静まり返っていた。人々はまだ夢の中なのだろう。

私は境内にふわりと降り立って様子を窺った。昨夜の慌ただしさが嘘のように平和だ。二紫名は境内にはいなかった。きっと縁さまが連れて行ってくれたのだろう。私が最後に見た白い着物の少年は、縁さまに違いないのだから。

二紫名を探し求め社務所に移動した。

『――いい？　二紫名。落ち着いて聞いてほしいんだけど』

開け放たれた戸から縁さまの声がする。中を覗くと、畳の上に敷かれた布団の上で体を起こす二紫名と、彼の正面で正座する縁さまの姿が見えた。

賽銭箱の上に寝転ぶいつもの縁さまとは違い、珍しくしゃんと背筋を伸ばしている。それにその表情はどこか神妙だ。よくないことがあったんだとピンときた。

『……一瑠が……狐の里を追放された』

その予感はやっぱり当たった。一瑠さんはあの後里の妖に捕まって、宝玉の責任を負わされたのだろう。

妖のことがわからない私でも、里を追放されるということがどれくらいのことなのかは、二紫名の反応で理解できた。二紫名は縁さまの言葉を聞くなり布団から跳ね起きて社務所から飛び出そうとしたのだ。

すかさず縁さまが手を伸ばし、力を使って彼を引き戻す。

『落ち着いてって言ったよね？　これは決定事項なんだ。君が行ったところでどうしようもないんだよ、わかるでしょ？』

『でも……っ！　おれが説明したら、もしかしたら……！』

首根っこを掴まれた猫のようにじたばたもがく二紫名だったが、神の前ではそんなことは無意味だとわかったのか大人しくなる。

『説明したところで彼らが信じるか、だよね』

『え……』

『だって考えてごらんよ。彼らは君を長にしたいんだよ？　ただでさえ何年も我慢しているんだ。大切に育てている君に里を去ってほしくはないだろうね。だけど現長の手前、罰は与えなくてはならない。それはとても悩ましいことだ。一瑠が犯人の方が彼らにとっても都合がいいんだよ』

『そんな！　そんなのってないです！』

二紫名は縁さまの目をじっと見て、訴えかけるように叫んだ。その目には里の者への批判と、もし仮にそうだとしても縁さまならなんとかできるのではないか……という希望が見え隠れしていた。

けれども縁さまは、そんな二紫名の僅かな希望すら消し去るように息を吐いた。

『もとはと言えば君が立場をわかっていないからこんなことになったんじゃないか』

ぴしゃりと言い放った言葉は冷たく、槍のように降りかかったことだろう。

二紫名は目を見開いて震える唇をぎゅっと噛んでいた。泣くのを堪えているようだ。縁さまの言いたいことは、二紫名が一番よくわかっているはずだ。

『いいかい、二紫名。このことは忘れるんだ。一瑠は里からも、ここ鈴ノ守からも去ったんだよ』

『でも……縁さま……！　里を追い出されて簡単に生きていけるはずはありません！　兄上ほどの上等な白狐は、いろんな妖から狙われるに決まっています！　それに兄上は、そうでなくてもお体が悪いのに……』

縁さまは二紫名のその言葉には応えなかった。ただ辛そうな表情で、一言。

『これは決定事項なんだ』

『…………！』

二紫名は悔しそうに顔を歪めて、自身の着物の裾をきゅっと握った。その顔色はいつも以上に青白く見える。まるで人形だ。あの時の……洞窟の奥深くでうずくまっていた頃の面影を感じさせる。

なにも応えない二紫名を見て縁さまは寂しそうにため息をつくと、ゆっくりと消えていった。

残された二紫名は、布団に顔をうずめ、声を殺して泣き出した。時折漏れる嗚咽が刃のように私の胸に突き刺さる。

二紫名……二紫名……泣かないで。二紫名の辛い顔は見たくないよ。

彼の想いがとめどなく私に流れ込んでくる。苦しくて切ない、心の叫びが。

『おれのバカ！　里の連中が話せばわかってくれる相手じゃないということは、嫌というほどわかっていたはずなのに！』

『おれが……おれが……あんなことをしたばっかりに……』

止まることのない涙が布団を濡らす。

この気持ちを私は痛いほどよく知っていた。悲しくて、どうしようもなく悲しくて。そしてなにより、取り返しのつかないことをした自分自身が許せなくて……。後悔、それは自分をも見失うほどの感情。

二紫名に向かって手を伸ばしたけど、この手が触れることはないとわかっていた。それでも彼を強く抱きしめたい。

泣いているこの子を——二紫名を、守ってあげたい。これから先に起こるであろう、どんな困難からも、彼を飲み込もうとするこの世のすべての悪意からも、守ってあげたいんだ。

私はただの人間で、妖の二紫名からしたらほんの小娘で頼りないかもしれない。それに、一瑠さんの代わりにはなれないかもしれないけれど……それでも。

これ以上、二紫名の悲しむ顔を見たくない。辛い思いをしてほしくない。このまま太陽の下で、元気に過ごしてほしい。人間と関わるのもいいことだなと思ってほしい。

特別なことは、もうなにも望まないから。いつもみたいに私に「阿呆」と言って、不敵に笑ってくれたら、それでいいんだ。それだけで……——。

丸まる背中にそっと寄り添うと、突然辺りが眩い光で覆われた。なにもかもが光に溶けてなくなっていく。社務所も、窓から見える景色も、そして二紫名さえも。

これは、記憶の終わりなんだと気づいた。

世界がうっすらと消えていく中、二紫名が不意に立ち上がる姿が辛うじて目に入った。ふらふらと窓辺に立ち、空を見上げる。その目にもう涙はない。それどころか彼の目はいつもの群青ではなく、赤い、妖しい光を宿しているではないか。

『……兄上は、おれのことを恨んでいるに違いない』

ボソリと呟いた言葉に耳を疑った。今、なんて……？

『そうだ……だからあの時……れを……げきして……』

もう、この世界が閉じようとしている。そのせいか二紫名の言葉がところどころ聞き取りづらい。一体なにを言っているんだろう。それに、さっきまでの様子とは違う気がして不安になる。

『……つか……れに……しゅうしに……』

ああ、だめだ。もっとちゃんと聞きたいのに。

完全に光に覆われたと思ったら、次の瞬間、再び目の前にずらっと並ぶ記憶の塊が現れた。

終わった……終わったんだ。まるで夢から覚めたあとのように、余韻だけがひりひりと胸に残る。

それにしても……最後の二紫名の様子は一体なんだったんだろう。ただ混乱して……という感じでもなかった。なにか術にでもかかっているような、不思議な様子。あれはもしかしたら、一瑠さんの攻撃と関係があるのかもしれない。

私は記憶の塊に向き直った。そのことも気になるけど、私にはやらなきゃいけないことがある。

記憶の塊は、さっきまではなかった白い氷の結晶のようなもので覆われていた。小さな粒が輝いていて、とても綺麗だ。……だけど。

――ジュッ。

「痛っ！」

触れた指先が焼け付くように熱い。これが……縁さまの言っていた「植え付けられた記憶」？　だとすると、これを記憶の塊から剥がすことができれば二紫名は元に戻るはず。

そこに迷いはなかった。私は両手を使い、白い結晶を剥がそうと力を入れる。けれども「植え付けられた記憶」は頑丈で、私の力なんかじゃびくともしない。

絶えず焼けるような音がして、手もヒリヒリと痛む。だけど、たとえこの手が焼けただれてしまっても、私は「植え付けられた記憶」を剥がしてみせると、そう決意していた。

思い出してほしいんだ。私との大切な記憶を。あの暑い日に交わした言葉を。私がここに来て、出会って、はちゃめちゃだったけど楽しかった、あの日々を。

だって……だって……――二紫名は私にとってかけがえのない存在だから。

「二紫名……」

一筋の涙が頬を伝う。

いつからだろう。二紫名に会えるかもと神社の前を通る度にそわそわするようになったのは。いつからだろう。二紫名がいれば大丈夫と、絶対の信頼を寄せるようになったのは。いつからだろう。彼に、もっと笑ってほしいと思うようになったのは。

いつからだろう……。もしかしたら初めて会った時から、彼は私にとって特別だったのかもしれない。失礼な言葉も身勝手な行動も、全部が全部、憎らしいけど愛おしい。

……愛おしいんだ。その事実の前では人間だとか、妖だとか、そんなの関係ない。ただただ二紫名、あなたが愛おしい。たとえ妖と人間が交わることのない存在だとしても。いつか別れの日が来るとしても……その時まではどうか、そばにいさせてほしい。

記憶が戻ったら今度こそ素直に気持ちを伝えるから。だからお願い、思い出して——。

「二紫名——！」

再びその名を呟くと、熱を帯びた手のひらから光が溢れた。そこからパキパキとヒビが入り、白い結晶はみるみるうちに割れていく。

この光はなに？　どこから……まさか私の手から？

光と共に風が巻き起こり、剥がれた結晶がきらきら宙を舞う。この無機質な空間が一瞬にして雪景色に早変わりした。うっかり見惚れているうちに、まどろむように私の意識もおぼろげになっていく。

これでいいんだよね、大丈夫だよね？　二紫名の記憶はきっと元通りに……——。

伍　離れていても

「――えこ、八重子」

　耳元で聞こえる縁さまの声に、目を開けた。寝ぼけた視界に映るのは、拝殿の天井と星が光り始めた薄暗い空。

　そして……。

「……戻ってこれたみたいだね」

　いつも以上にホッとした様子で私の顔を覗き込む、縁さまだ。

　ここは……現実？　まだ頭はボーっとしているものの、その空色の変化から相当な時間が経っていることはわかる。

「――って、そうだ、二紫名っ！」

　勢いよく体を起き上がらせたら眩暈で体がふらついた。なにこれ……。

「無理しないで。君は長いこと妖の記憶の中にいたんだ。普通だったら一日や二日は目を覚まさないはずなんだよ？　本当、強靭な体力と精神力だよね」

　呆れたように息を吐く縁さまには返事をせずに、拝殿の周りを見回した。しかし探すまでもなく二紫名は私のすぐそばで横になっていた。その姿は記憶に入る時と一ミリも変わっていないように思える。

「二紫名は……縁さま、二紫名は大丈夫なの!?」

不安に耐えきれずに縁さまに問いかける。

私は「植え付けられた記憶」を剥がすことができたんだろうか。二紫名の記憶は元に戻った？　もし、失敗していたら……。

けれども縁さまは私の心配など物ともせず、穏やかに微笑んだ。

「八重子、よく頑張ってくれたね。二紫名の記憶は無事元に戻ったよ。まだしばらくは寝たままだろうけど、じきに目覚めるだろう」

元に戻った……！　その言葉を聞いて体中の力がへなへなと抜けていくのがわかる。

「よか……った……」

本当によかった。また、あのニヤリと笑う顔が見られると思うと心底ホッとする。もうあんな悲しい思いはしたくないよ。

まだ目覚めないとわかっていても、早く「八重子」と呼ぶ声が聞きたい。群青の瞳を私に向けて、ニヤリと笑ってほしい。早く、早く――。

無意識に二紫名の頬をそっと撫でた。氷のように冷たい頬だけど、触ることができるというだけでこんなにも安心できる。

「それにしても、二紫名はいつ黒幕と接触したんですかね……」

小鬼には記憶を植え付ける力はない。でも、二紫名が直接黒幕に会ったとも考えられない。いくらなんでも黒幕が鈴ノ守に来たら、縁さまだけではなくクロウたちも気づきそうなものだから。だとしたら一体どうやって……。

「そのことなんだけどね……」

縁さまが言いにくそうに顔を歪める。そのまま私の手をじっと見つめた。

手……？

「八重子、君の手に妖の力によるまじないが施されていることがわかったんだ。きっと黒幕が君にまじないをかけたんだろう」

「え……!?」

私の手に……まじないが!?

思わず手のひらをじっと見るが、その変化が私にわかるはずがない。どこからどう見ても、なんの変哲もない普通の手のひらだ。

「君はどこかで二紫名に触れただろう？　そのことで恐らく、手に施されたまじないが発動して二紫名の記憶に関与したんだろうね」

二紫名に触れた……。その言葉にハッとした。そうだ、あの時――小鬼が社務所に来て暴れた時、二紫名が負った傷の手当をするために彼に触れたんだった。

もしかして、小鬼が言っていた「傷をつけるだけでいい」というのは、私がまじないの施された手で手当をすることを見越しての指示だったということだろうか。

「そんな……でも……いつ、どうやって……?」

今まで生活する中で、妖の力や、身の危険を感じたことはなかった。いつの間にまじないを施したのか……。

わからないことは多いけど、縁さまが言うんだから、私の手によって二紫名の記憶に異変が起こったのは間違いない。そう、私のせいで……——。

「私……行かなきゃ」

まだよろける体を懸命に起こす。立ち上がったら、貧血が起こったみたいに頭がクラクラした。足に、手に、うまく力が入らない。

だけど行かなくちゃいけないんだ。私にまじないを施したということは、黒幕はきっと近くに潜んで様子を窺っているはずだから。

二紫名の記憶を取り戻したことは当然黒幕の耳にも入っているだろう。情報を得た黒幕は、きっと次の手を考えているに違いない。そしてそれは、二紫名が眠っている今こそが仕掛けるチャンスだと考えているはず。

二紫名のそばについているだけじゃだめだ。それだと私はなんの役にも立たない。だったら私は、今のうちに黒幕を見つけ出さなきゃ。

私のせいで眠っている二紫名の代わりに、私が……私がやらなきゃ!

「——八重子」

階段を下りようとしたところ、縁さまに声をかけられた。いくら縁さまが引き留めようとも、私の決意はそう揺らがないぞという思いで振り向いたら……。

「これを」

縁さまは私に向かってずいっとなにかを突き出してきた。焦点が合ってその正体がわかった。

――お札だ。文字もなにもない純白の、美しいお札。ほのかに金木犀が香る。

「弟子が悪さをしたらこれを使うんだよ」

私が受け取るのを見届けて、縁さまはそう言った。弟子が悪さをしたら？　不思議に思う私に、縁さまは全てを見透かしたように微笑んだ。

石段を下りると、ここに来た時と見える景色はすっかり変わっていた。道路は浴衣姿の女性や法被を羽織った男性、親子連れで溢れており、みな揃って同じ方向に向かって歩いていた。

珍しい光景に一瞬あっけにとられてしまう。そうか、もうすぐ祭りが始まる時間なんだ。

幸い、腕時計の針は小町たちとの待ち合わせ時間より一時間前の時刻を指していた。移動時間を考えても三十分ほど時間がある。なんとかその間に見つけなければ。

とはいえ確かな手がかりがあるわけではない。わかるのは「私がまじないを施された」という事実だけ。近くに潜んでいることは確かなんだけど……。

人混みをかき分け、あてもなく彷徨う。私に力があるというならこういう時こそ発揮してほしいのに、残念ながらそんな予兆は全くなかった。

　どうしよう……黒幕がどこにいるのか、見当もつかない。黒幕が仕掛ける前に見つけなきゃいけないのに。焦りだけが募っていく。

　このままじゃ、二紫名が……――！

「ありゃ、やっちゃん、どこ行くのォ？　待ち合わせ場所はあっちだよォ？」

　商店街の入り口に差し掛かった時、商店街で時間を潰していたのだろう小町と昴に出くわした。小町はオレンジ色のハイビスカス模様の浴衣を着て、普段は下ろしている髪を丁寧に編み込んでいる。

「えっと、その……やらなきゃいけないことがあって」

「用事があって」とかいくらでも誤魔化す言葉はあったはずなのに、気づいたらそんなことを口走っていた。途端に首を傾げる小町。

「やらなきゃいけないこと……？」

「うん、私がやらなきゃいけないの。だからごめん、もしかしたら待ち合わせ時間に間に合わないかもしれない。それどころか、お祭りにも行けないかも……。ごめんね、二人と一緒にお祭りに行きたいって気持ちは本当なんだけど……でも……――」

　詳しく言えないせいもあって、しどろもどろになってしまう。よくわからない理由で約束をすっぽかしそう……なんて、普通だったら怒るかもしれないのに、小町は「わかってるよォ」と言ってにっこり笑ってくれた。

「きっとやっちゃんのことだもん、それだけ大事なことなんだよね？　うちらのことは気にしないで。向こうで会えるよう、いい席とって待ってるねェ」

「小町……」

「そうやよ、やっちゃん。俺らのことはいいから。それよりも――」

昴が私の肩を叩く。小町も私の手をぎゅっと握った。

「やっちゃん、震えとるよ」

――え………。

視線を下げると、たしかに私の手は小刻みに震えていた。気持ちばかりが焦って、パニックになっていたのかもしれない。二人の手のぬくもりにホッと息をつく。

「落ち着いて、やっちゃん。なにがあったかわからんけど、やっちゃんなら、きっと大丈夫やから」

「そ、そ、そうだよォ！　もしなにかあっても私と昴が助けるからねっ！」

必死な顔の小町に、二人の優しい言葉に、緊張が解けていく。そうだよね、こういう時だからこそ落ち着いていなくちゃ。

「うん……ありがとう、二人とも」

二人と別れ、再び黒幕を探しに歩き出した。落ち着いてくると頭の中がクリアになっていくのを感じる。

そもそも、黒幕は本当に一瑠さんなんだろうか。一連の騒動の発端が本当に一瑠さんだとしたら、一瑠さんは、里から追い出された原因を作った二紫名をいつしか恨むようになったということになる。

今まで二紫名という存在を救おうとしていたのに？　それとも、里を追い出された後の生活がそれほどまでに過酷だったのだろうか。思考がまるっきり変わってしまうほど。

それに、二紫名だけではなく花純さんや花純さんのお父さんの記憶まで操作した理由がわからない。二紫名を恨んでいるのなら、二紫名だけ攻撃すればいいような気がするんだけど……。

ううん……記憶の中で聞いた、二紫名の「兄上は、おれのことを恨んでいるに違いない」の言葉といい、なんだか引っかかる。二紫名はあの時から今まで、明確に一瑠さんから恨まれていると感じているのだ。もし、あの言葉や様子が、一瑠さんの攻撃が関係しているとしたら、それが意味するのは……。

私は頭をふるふると振った。もう少しでなにかわかりそうな気がする。

とにかく、二紫名の異変が黒幕のせいであることは確実なので、その後に起こったことが大切だ。一体何があったんだっけ……。

「あれ……？　ここ……」

気づいたら、人混みはすっかり消え失せ、私はあの椿の森公園の入り口に一人立っていた。辺りは霧のようなものが立ち込め、暗くなってきたのも相まって全体的に遠くまで見えづらい。それに、嗅いだことのないような濃い花の匂いが充満していた。

……おかしい。この前ここに来た時は、そのあまりの動揺に辿り着いたことを覚えていなくてもおかしくはなかったけれど、今回は違う。意識がハッキリしているはずなのに、本当にいつの間にかこの場所に来てしまっている。

バスに乗った記憶すらないのだ。まるで、知らず知らずのうちにこの場所に引き寄せられたみたいだ。

「八重子」

低く透き通った声にハッとした。前方から誰かがこちらに向かって歩いてくる。髪も肌も霧に紛れてしまっているが、その特徴的な緋色の瞳だけはハッキリと見て取れる。ハジメさんだ。この不可解な現象の中で知り合いに出会えたことでホッとする。

「どうしたんですか？　なにか用事でも？」

「えっと……用事というか……」

あれ？　なんでハジメさんは私がいることに気づいたのだろう。ううん、今日だけじゃない。この前も、私から声をかける前に私の名を呼んだんだ。見えていない、はずなのに……。

「今日はお祭りらしいですね」

「え？　あ、そうなんです」

「賑やかな様子が目に浮かぶようです。実際にこの目で見ることができないのが残念ですが……。八重子、あなたは行くのですか？」

ハジメさんがあまりにも普通に話を進めるものだから、彼のペースに流されてしまう。本は寄り道をしている場合じゃないんだけど……。

「行、く……つもりで、す……」

花の匂いを思い切り吸い込んだせいか、頭がクラクラしてきた。ハジメさんと会話したいのに、彼に顔を向けるだけで精一杯だ。体も思うように動かせなくて、バランスを崩しそうになりハジメさんの腕に掴まってしまった。

「あ……すみませ……」

ハジメさんはそんな私の体を支え、耳元で囁いた。

「もう思い出させてしまったんですね」

――え……。ハジメさんは一体なにを言っているの？

僅かに残る意識の中ぼんやり考える。そういえば……ハジメさんのこの声、つい最近どこかで聞いたような……。

「残念ながら計画は失敗です。最後の手段に出るしかありませんね」

計画？　失敗？　頭の中で言葉だけがぐるぐる回る。霧の中うっすら見えるハジメさんは優しく微笑んでいた。もうまともに立っていられない。ハジメさんの胸にもたれかかる。

そういえば……こんなにハジメさんと体を密着させるのはこれで二回目だ。一回目、あの時は……倒れそうになったハジメさんを私が咄嗟に助けた。あの時私の手をぎゅっと握ったのは――。

「八重子、最後にいいことを教えてあげましょう」

ハジメさんの三日月形になった瞳を見たのを最後に、目の前が真っ暗になる。耳鳴りがして、徐々に体中の力が抜けていく。深い、谷底に吸い込まれ、落ちていく感覚。

そうか……よく考えればわかりそうなことだったのに。聞き馴染みのある、落ち着いた優しい声色。そういえば、二紫名の記憶の中で一瑠さんは目を悪くしたと言っていたじゃない。その共通点を見落とすなんて。

二紫名の異変が起こった時も、そして今も、突然現れて私に近づいた理由。

「私の本当の名は……——一瑠というのですよ」

目的は、私だったんだ……——。

——ザザン、ザザン。

寄せては返す波の音がする。かすかに感じる潮の匂い。柔らかい熱風が頬を撫でる。ここは……？

ゆっくり目を開けると、頭上には零れんばかりの美しい星空が広がっていた。外に出た時はまだ薄暗いだけだったのに、あれからどれだけの時間が経ったというのか。

遠くから聞こえる人の声と手のひらに感じる土の感触を不思議に思い、体を起こす。辺りは真っ暗でここがどこだかわからないけれど、草が生い茂る中に寝そべっていたことだけはわかった。立ち上がり、浴衣についた土をはらう。ひとまずハジメ……一瑠さんは近くにはいないようだ。

油断していた。いくら強い力の妖だろうと、人間である私に直接危害を加えることはないと、高を括っていたのだ。まさか連れ去られてしまうなんて……。

さっきから絶えず聞こえてくる声に、振り向いた。遠く、真っ暗な中にぼんやり浮かび上がるように灯りが見える。一つだけではない。いくつもの巨大な光が一列に整然と並んでいる。

ここからだとなんの灯りかはわからないけど、とにかくあそこに行けば人に出会えるかもしれないと灯りの方へ前進したら……。

「わ……っ」

なにかに足をとられ、転んでしまった。地面に手をついた拍子に私の数メートル先の地面がガラリと音を立てて崩れ落ちる。何事かとそっと近づき覗き込むと、気が遠くなりそうなほどの険しい岸壁が見えた。真下には、月あかりに照らされてゆらゆら揺れる海面が見える。

ここは……崖の上だったんだ。あのまま灯りに気をとられて歩いていたら、きっと今頃私は……。想像してヒヤリと背中を冷たいものが走った。

とはいえ、全ての障害物を取り払ったここは見晴らしがよく、さっきまで気になっていた灯りの正体がわかった。

――キリコだ。巨大なキリコが浜に一列に並んでいる。もうすぐ海の中に入っていくのだろう、キリコの周りに大勢の人だかりができ、雄々しい叫び声が聞こえてくる。沖に設置された四本の松明（たいまつ）には火が灯され、ごうごうと燃え盛っていた。その美しくも迫力のある光景に見入ってしまう。

いけない、今は祭りを見ている場合じゃないのに。

間一髪で助かったのは、躓(つまず)いたおかげだった。よくよく足元を見ると、そこには人間が寝そべっていた。私が躓いたのは人間の足だったのだ。

「ひっ」

一瞬息を呑み、そして恐る恐る視線を動かす。服装は見覚えのあるセーラー服。長い黒髪に長い睫毛、上品な寝顔のその人は、つい最近まで行動を共にしていた彼女。

「……花純さん……っ！」

静かにしなくちゃいけないことも忘れて思わず彼女に呼びかけた。意識はない……けど、彼女の胸はゆっくり上下している。さっきまでの私と同じように眠っているのだろうか。だとしても、なんで花純さんが？

「――おや、目が覚めたようですね」

この声は……！

振り返るとそこには一瑠さんが立っていた。けれども私の記憶にある彼とはどこか違う。優しい雰囲気はどこかへ消え、鋭い眼光に妖しい微笑みをたたえた姿は妙に艶めかしく、その美しさが一層際立っていた。

緊迫した場面なのに、彼を目の当たりにするとぼんやりと見入ってしまう。いけない、しっかりしなきゃ。

「怪我はないようでよかったです」

一瑠さんの視線が私を捉えて離さない。まるで見えているかのように。

「ハジメさん……ううん、一瑠さん。あなた、目が……」

「見えないのは本当のことですよ。ですが、わかるのです。八重子……あなたがどんな表情をして、なにを考え、なにをしようとしているか。今はそう……恐ろしくて震えていますね、可哀想に。大丈夫ですよ。私の言う通りにすれば、痛い思いをしなくてすみますから」

──逃げられない。直観的にそう悟った。私と会っていた時の彼は全部演技だったんだ。柔和で、落ち着いて、優しい人。それにまんまと騙されて……。

目的が私だからといって、すぐさま攻撃をしてくる様子はない。つまり、話す余地があるということだ。こうなったらこの場所で決着をつけなければ。

「一瑠さん、あなたの目的は私なんでしょう？　花純さんをどうするつもりですか!?」

「…………」

一瑠さんは真っ直ぐに私を見たまま一歩、また一歩と近づいてくる。その眼力に押しつぶされそうだ。せめて気持ちだけは負けないようにしないと、と震える拳をぎゅっと握った。

「こ、答えて！」

「ふふ……花純は用済みになったのでこちらに戻ってきてもらったのです」

「戻ってきてもらうって……」

まるで、花純さんが自分の所有物であるかのような言い草に、眉をひそめる。私の様子に感づいたのか、一瑠さんは「ふふふ」と大袈裟に笑った。

「私と花純は契約を交わしているのですよ。妖と人との契約を。八重子、あなたにも覚えがあるでしょう？」

「契約……」

妖と人との契約はかつて私も二紫名と交わしたことがあった。同じように花純さんも一瑠さんと契約を交わしたと……――？

「二紫名は、あなたの望みを叶える代わりに、あなたの力を利用して道具を集めたことがありましたね。私も彼女の望みを叶える代わりに、私の操り人形になってもらった……それだけです」

まだ目覚めない花純さんの横顔をちらりと見る。血色はいい。外傷もなさそう。とすると、彼女にしたことというのはやっぱり……。

「花純さんに……なにをしたの」

「彼女に新たな記憶を植え付け、あえてあなたたちの元に向かわせました。時機を見て二紫名に近づけるためです」

「そんな……ひどい！」

「ひどい？　随分な言いようですね。私は花純の望みを叶えたのですよ？　『家を出たい。どこか知らないところへ連れて行って』という彼女の望みを。新たな生活を与えたのです。その代わりに利用した……それのどこがひどいと？　あなたと二紫名と同じではないですか」

同じって……たしかに私と二紫名は契約したけれど、私は助けてもらってばかりだったし、利用されたなんて今まで一度も感じたことがなかった。私たちとは同じにしてほしくない。

本来の記憶をわざと失くすなんて、そんなことやっていいはずがないのに。

「なんのために記憶を植え付けたんですか⁉　花純さんを巻き込む必要なんかないじゃない」

「なんのためって……その方が都合がいいからですよ。花純を二紫名に近づけることで弱ったあなたに近づきやすくなる。そのままあなたと契りを交わし、力を得るつもりでした……まぁ、邪魔が入りその計画も失敗に終わりましたが」

「そんな理由で……！」

記憶を失くして苦しんでいる人を、その周りで悲しんでいる人の顔が脳裏に浮かんできては消えていく。

私の力を得るためだけに、なんの関係もない人の記憶をすり替えたなんて。花純さんも、戸坂さんも、一瑠さんの手によっておもちゃみたいに扱われたんだ。

「そんな理由？」

私の言葉が気に障ったのか、一瑠さんは妖しい微笑みから急に真顔になった。場の雰囲気が一変してゾクリとする。

「あなたはあなたの価値をわかっていないようだ。君江から受け継がれたあなたの力は、どんな妖でも喉から手が出るほど手に入れたい代物なのですよ。その力さえあれば、私ももう一度里に戻ることができる。それどころか、皆を押さえつけ、長にだってなれるほどの力なのです」

ついに一瑠さんが私の真ん前まで来てしまった。後ろは崖なので逃げ場はない。ごくりと喉を鳴らす。彼の伸びる手から逃れられない。

「もう少しで……もう少しで上手くいくはずだったのに」

ボソリと呟いたと思ったら、一瑠さんは私の肩を力任せに引き寄せた。襟が締まって苦しくて、「ごほ」と咳き込んでしまう。間近に迫った彼の冷えた眼差しが、私の心臓に激しく突き刺さる。瞬たきが、息が、できない。

「それなのにどうして二紫名の記憶を元に戻してしまったのですか。あなたも言っていたではないですか。忘れたままの方が幸せなのかもしれない、と。余計なことをして……！」

一瑠さんの唇が首筋を這うように動く。そのあまりの冷たさと、彼の言葉の端々から感じる強い感情に私の体は強張って動かなかった。

……怖い。頭の中を駆け巡るのは、その言葉だけだ。今度こそ、本当にもう無理かもしれない。

「私を追い出した狐の里を見返してやります。二紫名ではなく、私こそが長にふさわしいのです……！」

助けて……助けて、二紫名……。

今日この時ほど自分の考えのなさを呪ったことはない。一人で勝手に動くなとあれほど言われてきたのに。二紫名の力になりたくて、どうしても黒幕を見つけ出したくて。それが、どんな事態を招くことになるか考えもしなかった。これは、私の落ち度だ……。

「あなたの力を、さぁ……——」

どう頑張っても金縛りに遭ったみたいに体は動かない。けれども、空気を吸い込もうとパクパク動かす口から、辛うじて声が漏れた。

「や、めて……！」

その時……私の体をなにかが駆け巡った。それがなにかはわからない。でも、たしかに全身を激しいものが流れていくのを感じるのだ。メラメラと燃えるように熱い。

——バチッ！

「なっ……！」

一瞬、なにが起こったのかわからなかった。

私の発した声は、まるで言霊を持つかのように弾け、私と一瑠さんの間に激しい電流を巻き起こした。その衝撃に私の体から一瑠さんの手が離れ、ようやくまともに息が吸える。

「……さすがです、その力。無理やり奪うことはできない……と。どうやら一筋縄ではいかないようですね」

けれども一瑠さんは、痛めた手をさすりながらも変わらずに不敵な笑みを浮かべる。この状況を楽しんでいるようだった。どうやっても力を奪うことができると確信しているのだろう。

だって今は二紫名が眠ってしまっているんだから。私を助けるような人は誰もいないのだ。

「では……これならどうでしょうか」

一瑠さんが手を振りかざした、その時――。

――ヒュウ～……ドンッ……ドンッ……！

低い、破裂音が鼓膜を震わす。同時に「わーっ！」という大きな掛け声が、こちらにまで聞こえてきた。

振り返った私が見たものは、夜空に咲く艶やかな大輪の花。一瞬の内に視界いっぱい広がって、パラパラと海に散っていく。その物寂しさを打ち消すように、次から次へと色とりどりの花火が打ちあがる。

そういえば、聞いたことがある。「能登キリコ祭り」は花火が打ちあがるのを合図に海中乱舞が始まると。その話の通り、浜に並んでいたキリコたちは勢いよく海へと入っていった。離れていてもわかる、むわっとした熱気と人々の歓声。ただただ、圧倒される。これが……キリコ祭りなんだ。

「――キリコ祭りというらしいですね。とても盛大なお祭りだ」

海を進むキリコを見つめる私に、再び一瑠さんの魔の手が忍び寄る。押し殺すように笑う彼の姿に、なにかよからぬ予感がした。

「もし、あのキリコを爆破したら……どうなるでしょうね」

「え……」

信じがたい言葉に思わず彼を凝視した。今、なんて……？

一瑠さんは喉の奥でくつくつと笑う。

「あんなに大勢の人が集まっているんです。さぞ混乱するでしょう。それに、あのキリコ……聞くところによるととても大きく立派な造りだそうですね。あれを一瞬にして壊してしまったら……町の人々は悲しむでしょうね」

あのキリコを壊す……!?

「だ、だめ……！　あのキリコは……あれは……！」

花純さんのお父さん……──海を眺める戸坂さんの横顔を思い出す。あの、自分の子を送り出すような表情。キリコ職人の彼が半年以上かけて造ったキリコなんだ。それを壊すなんて。それに、なにも知らない町の人を巻き込むわけにはいかなかった。

慌てる私に向かって、一瑠さんは挑発的な目つきで手を広げた。

「ならば力を渡すのです。なにも躊躇する必要はありません。さぁ！」

──力を渡す……。

私が力を渡せば、一瑠さんはキリコを攻撃しないですむ。町の人もきっとここで起きている異変に気付かないだろう。でも……。気がかりは二紫名のことだった。私が力を渡すことで、二紫名に危害が加わったら……──。

どうしよう。どうしたらいいの。どこかにこの状況を打破するヒントがあるんじゃないかと、思考を巡らせる。でも、結局はどちらを選んだところでいい未来は見えなかった。私の選択は、きっと誰かを犠牲にする。

即答できない私に痺れを切らしたのだろう。

「そうですか……答えないというのなら、手始めにあの中から一基、燃やしてみせましょう」

一瑠さんはそう言うと右手をキリコにかざした。その途端、彼の手に炎が宿る。それはメラメラと、彼の瞳と同じく緋色に燃えていた。全てを燃やし尽くすには十分すぎるほどの力を感じる。

──だめ、このままじゃ、キリコが……！

手を伸ばそうにもまだ痺れが残っていて思うように体が動かせない。やっぱり、だめなの？　私じゃなんの力にもなれないの？　自分の無力さに目の前が真っ暗になる。

と、その時──。

「やめて……！」

私の横から誰かが飛び出した。

「……か、花純さん……!?」

それは花純さんだった。いつの間に目覚めたのか、花純さんは一瑠さんに飛び掛かり、彼の腕を引っ張ったのだ。

間一髪、花純さんの咄嗟の動きのお蔭で一瑠さんの攻撃は防ぐことができた。しかし腕を振りほどかれた反動で、花純さんは吹き飛ばされ地面に伏してしまう。

「花純さん……花純さん……！」

すかさず彼女に呼びかけるが、返事はない。攻撃こそ直接当たってはいないものの、その衝撃は相当なものだったのだろう、呼吸はしているが、先ほどとは違い青白い顔でぐったりしている。

「なんの関係もない花純さんになんてことを！」

叫んだ私の声は、けれども一瑠さんには届いていないようだった。花純さんの方に顔を向け、なぜか驚いた表情をしている。一瑠さんの動きが止まった。

「なぜです……」

ゆっくり腕をおろして、信じられないといった具合にふるふると首を横に振る。

「新たな記憶を植え付けたはずなのに、なぜ」

——なぜ、キリコのことを、父親のことを忘れた花純さんが、その身を犠牲にしてまで自分を止めたのか。一瑠さんにはその理由がわからないのだ。自分の操り人形だったのに。そこにはもう意志はなかったはずなのに。一瑠さんの表情からは、そんな思いが読み取れるようだった。

「わかりませんか？」

花純さんが咄嗟に動いた理由。いや、動いてしまった理由。私には、なんとなくわかる気がした。彼には、きっと理解できないのだろうけど。

「――家族だから、ですよ」

花純さんは元の記憶がない。だけど……覚えているんだ。体が、心が、覚えている。たとえ記憶がなくっても、父のことを大事に思っていたから。その父の大切なキリコを燃やしたくないという気持ちが、心のどこかに残っていたのだろう。

戸坂さんは言っていた。『年頃になると職人の俺を嫌がってな』と。たしかに花純さんは嫌がっていたのかもしれない。でもそれは、きっとお父さんのことが本当に嫌いだったわけではないと思う。ううん、そう思いたい……――。

「そんな馬鹿な。私の妖術は完璧だったはずなのに……そう簡単に解けるものでは……」

それでもまだ一瑠さんは信じられないようだった。彼も、大切なことを見落としているに違いない。

今、やっとわかった。頭を抱える一瑠さんに、今度は私が優しく諭す番だ。

「それは、あなたも同じなんじゃないですか？」

「なにを……言って……」

二紫名の記憶を見たあとに覚えた違和感。なぜ、「一瑠さんの記憶」に新たな記憶を植え付けたのか……つまり、なぜ「一瑠さんの記憶」を消したがっていたのか。なぜ、花純さんや戸坂さんを巻き込んだのか。そして、記憶の中で二紫名に攻撃を仕掛けたことや、そのあと二紫名が「一瑠さんが自分を恨んでいる」と思うようになった理由。

全てのことが一つに繋がった。

「一瑠さん……あなたは、本当は二紫名のことを恨んでなんかないんじゃないですか？」

私の言葉に、一瑠さんは目を見開いた。

でも、そうとしか思えない。最初から、二紫名の前に現れた時から一貫して、彼は二紫名の味方だったじゃないか。血の繋がった兄弟であり、共に修行に励んだ身。たとえ結果として里から追い出されて疎遠になったとしても、恨むはずなどないのだ。

二紫名がもつ罪悪感や何度も仕掛けられた攻撃、そしてここでの一瑠さんの言動に引っ張られ、うっかり「恨んでいるのは本当なのかもしれない」と思いそうになったけど、そうではない。

「縁さまの力を奪おうとしたり私の力を奪おうとするのは、二紫名の代わりに長になるため。そこに嘘はないけど、『自分より力のある二紫名を見返したい』は、違う気がするんです。本当は、二紫名の代わりに自分が長になることで、再び幽閉されるのを防ぎたかったんじゃないですか？」

「……………」

一瑠さんはなにも答えない。

「花純さんを巻き込んだのもそう。私の力を奪うにあたって、二紫名の元から私を連れ出さなければいけませんよね。でも、二紫名といつも一緒にいる私を二紫名に黙って連れ去るなんて、そんなことはできない……。だからあなたは花純さんに私と同じような記憶を植え付け、私の代わりになるよう二紫名にあてがったんですよ。違いますか？」

それは、普通に考えたらありえない考えだった。たしかに、私の精神を弱らせて力を奪いやすくしようという目的はあったと思う。でも、それだけじゃないはず。

妖の彼なら……二紫名を思うあまり、見ず知らずの人間を犠牲にするくらい簡単なことなのかもしれない。それでも、戸坂さんの記憶を同時に消すことで更なる混乱を招かないようにしたのは、彼なりの贖罪(しょくざい)だったのだろう。

「二紫名の中のあなたの記憶に新たな記憶を植え付けたのも、二紫名に一瑠さんとのことを思い出してほしくなかったからですよね。自分のせいであなたが里を追い出されたと、二紫名にこれ以上罪悪感に苛まれてほしくないから」

おかしいと思ったんだ。なんで私と二紫名の記憶に新たな記憶を植え付けないで、一瑠さんとの記憶の方に植え付けたのか。でも、今わかった。そんなの……自分を忘れてほしいからに決まっている。苦しんでいる二紫名を見るのが辛かったのだ。

「そしてもう一つ。二紫名があなたから恨まれていると思っていた理由です。あなたは二紫名に攻撃をしかけたことがありましたよね？　それが『一瑠さんが二紫名を恨んでいる』と思い込ませる術だったんじゃないですか？　術をかけた理由は、里の者が来る前に二紫名を逃がしたかったから」

そうでもしないと、あの時二紫名は動かなかっただろう。それは咄嗟の判断なのか、はたまた今日この日までを見据えての判断なのかはわからないけれど、とにかくあの時はああするしかなかったのだ。

それもすべて、二紫名のことを愛しているから……——。

「そうですよね、一瑠さん……！」

ドンッという音に混じって私の叫び声が響く。花火が一瑠さんの顔を照らしていた。見開いた目の中に、花火の影が映る。

一瑠さんは、本当は二紫名のことを恨んでなんかない。だってその証拠に、あの冬も今回も、二紫名の記憶をすり替えることはあっても直接危害を加えるようなことはしてこなかったから。それだけでも、そう考えるには十分なんじゃない？

……だけど。

「あ……ああ……煩い……煩い……煩い……！」

そうであってほしいという願いも虚しく、一瑠さんは頭を激しく振り取り乱すと、今まで見たことのないような形相で私を睨みつけてきた。緋色の瞳は燃え盛る炎だ。このままでは私もろとも焼き尽くされてしまう。

「いい加減にしてください。その煩い口を塞いでしまいましょうか、八重子……あなたがその気なら、私だって容赦はしません。こうなったら、あのキリコたちを全て燃やし尽くしてしまいましょう」

再び手を構える一瑠さんを見て、息を呑んだ。だめだったんだ、わかってもらえなかったんだ。今度こそ、もう終わり……。

思わず目を瞑った私の脳裏を、縁さまの声が閃光のように駆け巡る。

——弟子が悪さをしたらこれを使うんだよ。

……そうだ、縁さまのあの言葉。「弟子」というのは、まさか……——。

取り乱しているせいか、一瑠さんは力のコントロールが上手くできていないようだ。いつの間にか私の体からは痺れがとれ自由に動けることに気づく。一か八か、私は懐に忍ばせていたお札を取り出した。

「一瑠さん！」

私にはもうなにもできないと、油断しきっていたのだろう。一瞬のうちに生まれたその隙をついて、一瑠さんの胸に飛び込んだ。無我夢中で手を伸ばし、お札を彼の着物に貼り付ける。

……すると。

——バチバチバチッ!!

「な……っ！」

途端に花火にも負けない激しい破裂音が辺りを包んだ。

これは……なに？　なにが起こったの!?

見る限りではなにも変わりはない。ただ、貼り付けたお札から絶えずシューシューと煙が昇っている。この異変はお札の働きによるものであることは間違いないようだ。

「あ……ああ……なんてことを……！」

一瑠さんはそう呟くと、自身の着物に貼られたお札を勢いよく剥ぎ取った。地面に落ちたお札は、初め白色だったことをすっかり忘れるくらい、真っ黒い墨のような姿になり果てていた。次第に端からチリチリと消え、宙に溶けていく。

「よくも……よくも、私の力を……こんなことでは、もう……」

一瑠さんの様子がおかしい。

まるでこの世の終わりでも見てきたかのような呆然とした表情で、息も絶え絶えにこちらに向かってくる。その足元はおぼつかなく、フラフラよろけるように近づくと、なぜか私の横を通り過ぎてしまった。

――え……？

驚いたのも束の間、大事なことに気づく。私のすぐうしろは、さっき崩れたばかりの不安定な地面なのだ。

「だめ、一瑠さん……その場所は……！」

振り返って叫ぶ。だけど、私の呼びかけは一歩遅かった。一瑠さんが踏みしめた地面がガラリと音を立て崩れていく。

まるでスローモーションのようだった。目に映るすべてのものがゆっくりと時間をかけて変化していく。いくらゆっくり見えても時間はもう巻き戻せない。このままじゃ一瑠さんが海に落ちてしまう。

いいの？　一瑠さんは本当の気持ちを隠したまま、二紫名は一瑠さんの気持ちを誤解したまま終わってしまって……いいの？　そんなの――。

「一瑠さん！」

――そんなの、いいわけがない。だってあんなに仲の良かった二人なんだ。このまま終わっていいはずがないよ。

考えるより先に体が動いていた。気づいた時には、私の手は一瑠さんの片腕をしっかり掴んでいた。一瑠さんはというと、運よく落ちる寸前で岩肌から伸びる枝に着物をひっかけ、その身を留まらせている。パラパラと地面だったものが落ちていく。なんとか一瑠さんが落ちるのだけは食い止めたけど、引っ張り上げることはできそうもない。

「い……ちるさん……妖力を使って……戻ってきてください……」

妖といえども普通の大人の男の人と変わらない。いくら枝に引っかかっているからとはいえ、私の腕では支え切れるはずもなく、その重みで体ごと持っていかれそうになる。

今はまだなんとか踏ん張っていられるけど、時間の問題だ。それにもし、枝が折れてしまったら……私一人の力だけではとてもじゃないけど無理だ。

一瑠さんが妖力を使ってくれることを期待したのに、そんな気配はない。そうだ、そもそも妖力があるなら不意に落ちそうになってもなんとかなりそうなものなのに……おかしい。さっきのお札、まさか……。

「……なぜ……私を助けるのです……私が死ねば自ずと妖力の効果は切れ、花純たちも元に

「戻るのですよ……」

「いいから！　早く上がって来てください！」

「無駄です、八重子。あなたも見たでしょう？　あのお札は貼られた者の妖力を吸い取るもの。今の私はただの人間とそう変わりません」

そんな……。妖力がないとなると、あとは一瑠さんの頑張りに賭けるしかない。けれども彼は、もう落ちてしまってもいいと諦めてしまっているようにも見える。

「私が引っ張るから、もう片方の手を伸ばして……！」

必死に叫んだ。もうそれしか方法はない。

遠くで歓声が聞こえる。額から垂れる汗。ピキピキと突っ張る腕の筋肉。踏ん張る足には感覚がない。波音が激しく迫る。

「──もう、やめてください」

ぽつりと呟いた一瑠さんの声に、辺りが急に静かになった気がした。さっきまでの気迫はまるでない。

「もう、いいんです。私が生きたところでどうにもなりません。力のない白狐は長になるのはおろか、里にも帰れるはずがないのです。目的を失った今、私には生きる意味がありません」

一瑠さんの、私を見上げる瞳が悲しく歪む。

「そんな……諦めないで……！　二紫名は？　二紫名はどうなるんですか？　幽閉されるの

を防ぎたいんでしょう？　なら——」

「なにもかもがもう遅い……縁さまも、このお札をあなたに渡したということは、私のことを見限ったのでしょう。町の人の記憶を奪い、二紫名の記憶まで操作しようとしましたから……無理もない……」

徐々に弱弱しくなる一瑠さんの声。

「お願い、一瑠さん……弱気にならないで……！」

一瑠さんは言った。縁さまが自分を見限ったと。でも、そんなわけがないんだ。縁さまは今でも、一瑠さんを家族だと思っているはずなんだ。その理由ならわかっていた。だって——。

「違います、一瑠さん！　このお札が効いたってことは、縁さまはまだあなたのことを弟子だと思っているんですよ！」

『弟子が悪さをしたら』と渡されたお札。それはつまり、縁さまが一瑠さんのことをまだ「弟子」だと思っている証拠なんだ。

だとしたら、もう遅いなんてことはない。

「ね？　もう一度、やり直しましょう？　『後悔は尊い。ここから始めればいい』んでしょう？」

そのことを初めに二紫名に伝えたのは一瑠さんだったじゃないか。

たしかに、一瑠さんのしたことは簡単には許せない。たとえ二紫名のためだとしても、町の人々の記憶を奪い縁さまの力を得ようとしたり、花純や戸坂さん、二紫名の記憶を新たに植え付けて私の力を得ようとしたりしたことは間違っている。

でも……二紫名が前を向いたように、私が前を向いたように、一瑠さんも前を向いて生きたっていいと思うんだ。誰にだってやり直すチャンスはあるはずだから。きっと縁さまもそう願っているに決まっている。

「だからお願い……手を伸ばして……！」

突風に煽られ枝が軋む。着物の引っかかっている部分が破れだした。その途端、私の手にかかる体重がぐんと重くなる。腕はじんじん痛み、これ以上はもう限界だった。どうしよう、このままじゃだめだ。一瑠さんが落ちてしまう。

誰か……――！

その時、ほんの一瞬だけ空気が変わった気がした。ふわり、と金木犀の甘く懐かしい匂いが漂って……そして。

「阿呆。あれほど一人で突っ走るなと言ったのに」

背後から伸びた手が、私と共に一瑠さんの腕を掴んだ。はらりと垂れる真白の髪が私の頬を掠める。耳元で聞こえる、優しい低い声。

体の内から喜びがぶわっと溢れ出る。懐かしい、その言葉。ずっとずっと聞きたかった。

もう間違えない。二紫名……二紫名だ……。

涙で視界がぼやける。泣いている場合じゃない、今はまだその時じゃないと、必死に瞬きを繰り返した。

「に、しな……」

掠れた声でその名を呼ぶ一瑠さんは、心底驚いたように目を見開いた。妖の力を失くしても二紫名が来たことがわかるようだ。心なしか、掴んだ腕に力が入ったような気がした。

「来、るな……来ないでください……あなたにはもう合わす顔が――」

「一瑠」

二紫名がその名を口にした時、ひどく切なくなった。だって、二紫名の声が震えているから。二紫名は久しぶりに会った一瑠さんに対してなにを思うのだろう。

「一瑠という名を捨てずにいるのは、どこかでもう一度やり直したいと、そう思っていたからだろう？」

その言葉に、緋色の瞳が微かに煌めく。それはまるで、星が生まれた瞬間のように。一瑠さんの左手がゆっくりと、でも確実にこっちに伸びる。

もう少し……！

「……帰ろう、兄上」

伸びた左手を二紫名がしっかり掴んだ。そのまま勢いに任せて引っ張り上げる。

――ヒュ～……ドンッ……ドンッ……！

一瑠さんが崖の上に戻った瞬間、不意に打ちあがった花火。深い、群青の花に目が奪われる。その優しい色が、じんわり広がるあたたかな余韻が、二紫名の気持ちを表しているように思えて仕方ない。

二紫名は、きっと——。

「兄上、なぜこんなことを」

座り込み息を整える一瑠さんに、二紫名が優しく問う。記憶の中で見たいつかの光景と真逆だ。

一瑠さんから感じていた殺気は、もうすっかりなくなっていた。あの記憶の中の「兄上」が優しい眼差しで二紫名を見上げる。

「……あなたの代わりに私が長になろうと思いました。あなたを、あの悪しき風習から解き放とうと」

「それなら、なぜそのまま伝えてくれなかったのだ。縁さまの力や八重子の力を狙う必要などないではないか。それに……なぜ……なぜ……俺たちに危害を加えるようなことを……？」

やっぱり二紫名もそこが引っかかっていたのだ。姿を隠して、真白さんや小鬼、花純さんを操りみんなを狙うなんてこと、二紫名はしてほしくなかったはずだ。

こちらに危険が迫るほど、二紫名は苦しんだだろう。一瑠さんが悪に染まったのは自分のせいだと、自らを責めたかもしれない。

一瑠さんは観念したかのように大きく息を吐いた。

「あなたに言ったところで素直に提案を受けましたか？　あなたは優しすぎる。私が代わると言ったら自分を犠牲にしてでも止めたでしょうね。それでは意味がないのです」

「そんなこと……！」

「それに……あのままでは長になるために必要な力を持つ以前に、里に戻る力すらありませんでした。力のない私は、どうやったら早く力を得ることができるか考えました。考えた結果、縁さまの力を奪うこと、そして、あなたのそばにいる彼女——八重子の力を奪うことに決めたのです。怪我の功名とでも言いましょうか、あの時あなたを里から逃がすためにかけた術……あれがいつまでも消えずに残っていたので、ならばその術に乗っかろうと思ったのです。私があなたを恨んでいて、だから縁さまや八重子の力を狙った……と。その方が縁さまや八重子の力を奪うにはちょうどよかったのです。私のこの作戦は完璧でした。ただ——」

そこで一瑠さんは私の顔をふと見ると、「八重子には私の思惑は全て見破られてしまいましたが」とどこかさっぱりした表情でそう零した。

二紫名の眉がピクリと動く。

「……あの、いつも冷静な兄上らしくない判断だ。当時の兄上なら、どんなことがあっても人を傷つけ、ましてや縁さまを裏切るような真似は絶対にしないはず。どうしてそのような考えを！」

たしかに、『人間を愛しなさい』と言った彼のすることとは思えない。不思議に思い一瑠さんをじっと見ると、彼は苦しそうに眉を寄せた。

「私が……どれほどあなたのことを……」

囁くような小さな声は、豪快な花火の音にかき消される。

一瑠さんは震える唇を噛んで、海の方に視線をやった。海上ではそろそろキリコが沖の松明に辿り着くようだった。盛り上がりも最高潮に達し、絶えず賑やかな声が響く。もうすぐ祭りも終わる。

一瑠さんはしばらくじっとしていたが、やがてぽつりぽつりと話し始めた。

「私は……優しい母上と聡明な父上の元に生まれました。しばらくは三人で暮らしていましたが、私が一人前になると彼らは神にお仕えするために人間界に出向くことになりました。白狐が神の元へ行くのはごく自然なことでしたので、私は彼らを見送ったのです」

幸せな映像が思い浮かぶ。けれどもそれが長く続かないことは、一瑠さんが「けれど」と口にしたことでわかった。

「ある日のこと。里で修行をする私の元に報せが届きました。両親が事故に遭い、お世話になった人間を守るようにして亡くなった……と。防ぎようのない、不慮の事故だったのです」

「そんな……！」

あまりのことに言葉が続かない。一瑠さんはそんな私に向かって静かに微笑んだ。

「実は、二人の間には赤ん坊が生まれていました。そのことを知ったのは、報せを受けた数日後でした。とある女性が事故の中、赤ん坊を救い出して世話をしてくれていたそうです。その赤ん坊こそが……──」

そこまで言うと一瑠さんは二紫名をじっと見つめた。

「……二紫名。あなたです」

二紫名もその事実は初耳なのだろう。珍しく驚いた顔をしている。つまり二紫名は、人間界で生まれ、人間の女性に助けられていたのだ。

「私に残された、たった一人の血の繋がった兄弟。亡くなった両親の分まで私が大切にしようと、そう思ったのに……。あなたの力があまりにも強いことがわかり、里の長老たちがあなたを幽閉しました。私はその時まだ若い狐……どれだけ抗議しても相手にされるはずもありません」

当時のことを思い出しているのか、悔しそうに目を伏せる一瑠さん。けれども気力を振り絞って「あの日」のことを語っていく。「あの日」……それは、私が見た記憶の中の出来事。二人が再会を果たした日だ。

「二紫名。次にあなたに会ったのは、あの日のことでした。力を蓄えた私は、長老に掛け合ってやっとあなたに会うことを許されたのです。それなのに……あの洞窟で見たあなたの姿といったら……っ」

その時、一筋の涙が一瑠さんの瞳から零れ落ちた。

あの時の光景は、私もこの先ずっと忘れられないだろう。鼻を突くひどい異臭に、感情を失くしてしまった幼い二紫名の姿。これから先もずっと幽閉が続く恐怖。とても同じ種族に対する扱いとは思えなかった。

あの光景を目にした一瑠さんは、密かに動揺していたのだ。そうとは知らずに、二紫名に危害を加える存在だと誤解して……。きっとはじめから、一瑠さんの目的は決まっていたに違いない。二紫名をあの場所から連れ出そうと、ずっとそれだけのために生きてきたのだ。

「可哀想な弟……この先なにがあってもあなたを守りたいと思いました。そう……それがたとえ、神に背くことになろうとも。私はなにをしてでも、あなたをあの里に戻すまいと、心に誓ったのです」

それは、どれほどの覚悟だったのだろう。里からも追い出され、自ら悪役を買って出て。全ては、たった一人の大切な弟を想うがための行動。

一瑠さんの本心に二紫名はなにを思うのか。その表情からは読み取れない。

「兄上……」

小さく放った名前をきっかけに、二人の視線が交わった。

「……兄上、俺は縁さまの元で修行を積んで一人前の白狐になれた。縁さまは身勝手な部分もあるが、物事の判断は的確で時に厳しく叱ってくれる。小さい双子の狛犬はいつも煩く神社が賑やかになった。ひとたび喋れば厄介な男、烏天狗もいる。神社の手伝いをよくしてくれる猫又も住み着くようになった。俺にはいつの間にかたくさんの妖の仲間ができたんだ。

兄上が言っていたように人間にも接する努力をした。町を行けば声をかけられることが最近では嬉しく思うようになった。俺はもう……兄上の思っているような子供ではないのだ。それに……——」

ふと、二紫名が私の顔を見て意味深な表情をしたのでドキッとする。なに……？

「——それに、ここには八重子もいる。兄上も知っての通り、一人で勝手に突っ走って面倒ごとを起こすし、妖相手にも物怖じしない困った娘だ」

「なっ……なにを……！」

いきなり否定的な言葉が並んで面食らった。たしかに私はいつも考えなしだけど、そこまで言わなくてもいいじゃないかと咄嗟に二紫名を睨んだら……二紫名が見たこともないような柔らかい笑みを見せたんだ。

「けれど……いつもそばにいてくれる。俺なんかのそばに、気づいたらずっといてくれるんだ。それはとても尊いことだと俺は思う。きっと八重子がいてくれれば、なんだってできる気がするのだ。どのような困難が訪れようとも、きっとなんとかなると、そう思えるようになった」

初めて聞く二紫名の気持ちに胸が熱くなるのを感じた。そんな風に思ってくれていたなんて……知らなかったから。

私もだよ、二紫名。いつも手を差し伸べてくれる二紫名がどんなに尊い存在か、今回のことでよく思い知った。私も二紫名が隣にいてくれるなら、この先なにがあっても大丈夫な気がするんだ。私はきっと、なんだってできる。

「二紫名……」

一瑠さんにどこまで二紫名のことが見えているかはわからないけれど、それでも彼の気持ちは伝わっているのだろう。緋色の目が優しく潤む。

「兄上がくれた、このご縁……大切にして生きていくと決めたのだ。そのためなら里の者にも決して屈しない。だから兄上……――俺は大丈夫だ」

前を見据える二紫名は、とても大きく見えた。あの洞窟の片隅で身を縮こまらせていた少年は、ずっと少年のままではない。たくさんの妖や人との出会いが二紫名を変えたのだと思う。そしてそれは、人間界へと連れ出してくれた一瑠さんのおかげなのだ。

一瑠さんはフッと息を吐いた。

「……どうやら私はやり方をひどく間違えてしまったようですね。あの幼かったあなたがこんなに立派になって……。きっとそれは、八重子さん、あなたのおかげでもあるのでしょう。ありがとうございます……そして、今までの数々の無礼、申し訳ありませんでした」

立ち上がっておもむろに頭を下げる一瑠さんに、私は狼狽えた。

「あ、あの……そんな風に謝らないでください」

「そんなわけにはいきません。いくら二紫名のためとはいえ、あなたや町の人を危険な目に遭わせるなんて……神に仕えていた白狐として許されないことをしました。しかし私はもう、力のないただの妖。償おうにもなにもできません。ならばせめて、すぐさまあなた方の前から姿を消しましょう」

「え……！」

姿を消す……それって……。

「大丈夫。花純や花純の父上の記憶は術が解けてすぐ元に戻るでしょう。あなた方の生活は、これで晴れて元通りというわけです」

「そうじゃなくって……！」

どうしよう。このままじゃ一瑠さんと二紫名がまた離ればなれになってしまう。せっかく互いの想いを伝え合えたというのに。これでいいの？

思い出されるのは、二人の楽しそうな姿。安心しきった二紫名と優しい兄の姿をした一瑠さんだった。また、二人一緒に穏やかに過ごしてほしいと思うのは、私のわがままだろうか。

……ううん、そんなことはないはず。

「また、神社に住めばいいじゃないですか」

それが一番いい気がする。力を失くした一瑠さんが野良の妖として生きるのは、いくらなんでも酷だと思うから。縁さまの元でまたみんなで暮らせれば、二紫名だって心強いと思うのだけど。

「それは……」

だけど一瑠さんは困ったように眉を寄せた。

「……それはできません。私のしたことは簡単に許されていいものでは――」

「できますよ！　だって……だって縁さまも二紫名も一瑠さんも、みんな家族なんだもん。いつだってやり直せますよ。私は……そう信じています」

「けれども……私にはもう力はなく……」

そんな……。力がないと、縁さまの元には帰れないの？　そんなのって、あんまりだ。

その時、二紫名がおもむろに懐からなにかを取り出して、一瑠さんに向かって突き出した。

「二紫名……それは……」

一瑠さんは、二紫名が持つものがなにか気づいているようだった。そして、私もその真白の紙の正体に気づく。

――お札だ。

それは私が縁さまにもらったものと同じ、なにも書かれていないお札だった。

二紫名はなにも言わずにお札を一瑠さんの着物に貼った。たちまちお札から煙が出て、そして……。

「……これは……！」

一瑠さんが不思議そうに腕を広げた。私は妖の力のことはなにもわからないけど、それでもお札から出た「気」が一瑠さんの全身に流れていくのがわかった。内から光り輝くみたいに一瑠さんの体が膨大な力で満ちていく。

さっき私が使ったお札が「妖の力を吸い取るもの」だとしたら、このお札は「妖の力を取り戻すもの」なのかもしれない。

「縁さまから預かっていたものだ。『全てが終わった後、これを使いなさい』と」

その言葉に、一瑠さんは一瞬目を見開いたあと、ため込んだものを吐き出すようにフッと笑った。

「ふふふ……あの神様はなんでもお見通しのようですね……」

嬉しくて悲しくて。夜に溶けるようにして消えていくその声は、泣いているかのようだった。

ふと夜空を見上げたら、いくつもの花火が打ち上がっていた。色鮮やかな光が私たちの顔をあたたかく照らす。思い切り息を吸うと火薬の匂いがした。夏の匂いだ。煙に混じって遠くの方にある夏の大三角を見て、やっぱり祖母のことを思い出した。

二紫名と一瑠さん……二人が離れることとなった「あの日」からの日々を、これから取り戻していくことになるだろう。二人ならきっと大丈夫だよね、おばあちゃん――。

陸　きっと二人なら

「やっちゃん!?」

大きな歓声に混じって会場に入った私は、見物客が座るシートの一番うしろにいた小町に速攻で見つかった。屋台で買ったらしいリンゴ飴を右手に持った小町が、ものすごい形相で駆け寄って来る。

「わーん！　来れてよかったよォ！」

そのままの勢いで抱き着かれたので、あわやリンゴ飴が浴衣にくっつくところだった。

「こ、小町……」

「もー、心配したんだよォ？　あの時はカッコよく決めたけどさァ、やっちゃんがなにか危険なことをしているんじゃないかーとか思ったら、ソワソワしてお祭りに集中できなかったんだからねェー!?」

騒ぐのも無理はない。結果として祭りには遅れてしまったんだから。仕方がないこととはいえ申し訳ない、とは思う……けど。

「ごめんね？　小町……」

思わずにやけてしまう。

……見てしまったのだ。シートに座る小町と昴がちゃっかり手を繋いでいるところを。

これまでの二人の雰囲気からなんとなく察しがついていたとはいえ、実際にこの目で見てしまうとにやけるなという方が無理な話だ。

私がいなくてむしろよかったんじゃないかと思えるくらいだったし、私に気づきパッと手を離す二人がなんだか微笑ましかった。

「んんー？　なぁんかにやけてない？　反省してるゥ？」

「してます、してます！」

慌ててそう言うと、小町はプッとふき出した。そんな小町のうしろから、昴が顔を出す。

「でも、本当に大丈夫やったん？　なにか……あった？」

小町とは対照的に、昴は心配そうだ。勘の鋭い昴のことだから、私のあの言い方で妖関係でなにかあったことは感づいていると思う。それでいて、小町をうまくフォローしてくれたんだろう。

「ううん、もう大丈夫」

二人に向かって「実は結構ピンチだったんだよね」なんて言えるはずもなく、苦笑いで誤魔化す。花純さんのこと、二紫名のこと、黒幕……と言われていた一瑠さんのこと。いろいろ知っている昴には、今度ちゃんと説明しなくっちゃ。

「あーわかったァ……西名さんといたんでしょォ」

今度は小町がにやける番だ。それに乗っかるのはちょっと癪だけど、

「あー、うん、そうかな」

でもまぁ崖の上から花火を眺めたのは事実だし、その勘違いはそのままにしておこう。

それにしても……。

ぐるりと周りを見回してみる。さっきまで上から見下ろす形だったから、現地での景色は新鮮に感じる。

広場に出た、たくさんの屋台。ずらっと並んだ提灯の灯りが海に映ってゆらゆら揺れるさま。そして、崖の上から見るよりも地上から見るキリコははるかに迫力があった。こんなに大きいものを町の男の人たちが担いで運んでいたなんて信じられない。

「……きれいだね」

祭りの様子を眺めては、そう零す。

「でしょ～？　大きいキリコが海の中に入っていくのは圧巻だったよォ！　花火もすっごくきれいだし……」

なぜか小町が得意げに胸を張った。

「うん、そうだね」

たしかにキリコも花火もとても美しいと思う。

だけどそれだけじゃない。会場に足を運んだ人々の、きらきらした笑顔。こんなに大勢の人の笑顔は久しぶりに見た。みんな同じ方向を眩しそうに見つめる姿も。

このお祭りが町の人にとってどんな存在なのかわかった気がした。戸坂さんも祭りの成功を喜んでいることだろう。

「来年こそは！」

ぼんやり群衆を見ていると、小町がひと際大きな声を上げた。

「……来年こそは、みんなで見ようね」

そして少し寂しそうに笑う。来年は高校最後の年だ。私たちはそこに隠された意味を誤魔化すように、そっと指切りをした。

＊　＊　＊

全てが片付き、この町に再び平和が訪れた……と、言うのにはまだ早い。私たちにはまだやり残したことが一つあった。そう、それは……——。

「——本当に、ごめんなさい……！」

目の前の彼女は、体が真っ二つに折れるんじゃないかと思うくらい深々と頭を下げた。豊かな美しい黒髪がはらりと垂れて揺れる。その様子を見て私と二紫名は互いに目を見合わせるのだった。

「あ、あの……花純さん……そんなに謝らないで」

彼女——花純さんはおもむろに顔を上げると、申し訳なさそうに眉を寄せ、海沿いに建つ古い一軒家を眺め見た。昨晩の喧騒はどこへやら、通りは人の姿がまばらで静まり返っている。景色はすっかり元通りだ。

「ううん、元はと言えば私が悪かったの……」

花純さんは家を見つめたまま唇を噛んだ。

——花純さんはあの後、しばらくして目を覚ました。術の効果が切れたせいか、目覚めた当初は意識がまだおぼろげで自分がどうしてあの場所にいるのかもわからないようだった。

ひとまず神社にて一夜を過ごしてもらい、意識がはっきりしたことで罪悪感が募って来たのだろう。花純さんの生まれ育った町に戻ってからというもの、彼女はずっと謝っている。

「花純さんは悪くないよ」

私がそう言うと、花純さんはふるふると首を横に振ってこれまでの出来事をぽつりぽつりと語り始めた。

「きっかけは、父とのたわいない喧嘩だった」

そう、それは本当にどこにでもあるような親子喧嘩だったそうだ。

キリコ職人の父は、昔からキリコ一筋で花純さんのことには無頓着だった。入学式も、運動会も、卒業式も、父は花純さんを気にする素振りはなかったという。どんどん不満は募っていき、そしてとうとう。

「……模試の結果を見せたの。初めて『A判定』が出て喜んでいたのに……」

——『A判定』？　東京？　なにを言っとるんや。おまえはここに残る、そう決まっとるやろが。

戸坂さんは、花純さんから話を聞くことなく、そう言い残しキリコの会合に出かけてしまったのだ。

「信じられる？　初めて私に関心を見せたと思ったら、こんなセリフ。だから私……家を出てしまったの」

衝動だったという。後先考えずに走って辿り着いた先は、あの椿の森公園の奥の山だった。

「しばらくは呆然としていたんだけど、ふと蛍を目にして。その美しさについ、蛍について いってしまったの。今考えればあれは、きっと引き寄せられたのね。そこであの人……一瑠さん、だったわよね？　……に、出会ったの。今でも信じられないわ。あの人が『妖』と呼ばれる存在だなんて。でも……実際自分の身に起きたことだもの、信じるしかないわね」

花純さんはそこで一瑠さんと契約してしまった。花純さんに新たな記憶を植え付け新たな人生を歩ませる代わりに、二紫名に近づけるという契約を……。

「あの時、私が安易に応えなかったら、こんなことにはならなかったのかもしれない。父の記憶が失くなることも、二紫名さんの記憶が失くなることも、なかったのかも。そう思うと心苦しいわ。私ね、術にかかっている時の記憶がうっすらとあるのよ。八重子さんにも迷惑をかけたわ」

私はすぐに「そんなこと」と言ったけれど、花純さんは申し訳なさそうに目を伏せた。

「もっとちゃんと、父と話すべきだった。父は父なりに考えがあって言ったことかもしれなかったのに。それに……キリコのことも」

花純さんは眩しそうに海を眺めた。太陽の光で海面がてらてら光っている。昨夜はあの場所でキリコが波の中をうねっていたのだ。

「私ね、恥ずかしい話だけど……キリコ祭りを見に行ったことがなかったの。ほら、父がずっとキリコにかまけていたから嫉妬していたのね。でも昨晩、術が解けてボーっとしていたけれど、初めてキリコ祭りを見たら……とてもきれいだった。それに、あんなに大勢の人が集まって、キリコの様子を見守って……。うまく言えないけど、とにかく驚いたわ。それと同時に、父のやっていることの大きさを知ったのよね」

そこまで言うと、花純さんはキッと前を見据えた。もちろん、その視線の先にあるのは、花純さんの実家……戸坂さんの家だ。彼女の緊張した面持ちに、見ているこちらまでドキドキが伝わってくるようだ。

「ものすごく怒られるかもしれない。だって何日間も家出していたんだもの。本当に勘当されちゃうかも。……でも、頑張ってみるわね。八重子さん、あなたを見て勇気を貰えた気がするの」

私たちに向かって微笑んだ花純さんは、家に向かって駆けていく。

一体、どうなるんだろう……。二人のことが気がかりで、お節介とは思いつつも私と二紫名は家の近くまで行き様子を窺うことにした。

花純さんはドアの前で深呼吸をすると、ゆっくり呼び鈴を鳴らした。間を置かずにドアが開く。

「……花純……！」

家から出てきたのは、あの海で出会った戸坂さんだった。花純さんのことを見るなり驚いた顔で固まってしまった。

「あの……お父さん……ごめんなさい、私……——！」

花純さんはきゅっと目を閉じる。一週間……それほどの時間いなかったことになるのだ。相当怒られるのを覚悟したのだろう。

けれど、戸坂さんから返ってきたのは意外な言葉だった。

「こぉんの、だら！　一日も勝手に出かけるなんて、不良娘が！」

——え……一日!?

花純さんが目を見張る。

驚いたのは私も同じだった。一日ってどういうこと？　二紫名に目をやると、楽しそうに「くっくっ」と笑っているではないか。……これは、なにか知っているな。私は二紫名を軽く睨んだ。

「お父……さん……？」

「涼森さんから『うちに泊まってます』って連絡がなかったら警察に行くところやったんやぞ！　聞いたら、『八重子ちゃん』っていう新しい友達と『真白さん』っていう巫女の女の子と一緒にお泊まり会したらしいがいね。友達ができるのはいいことやけど、涼森さんところには男の子もおるんやし……今度からは一言言ってから行かんなん」

言葉こそは厳しいが、怒っているというよりは花純さんが帰ってきてホッとしているようだった。

でも、これってどういうことなんだろう。事実では「一週間」だったところが、戸坂さんの中では「一日」のことになっているなんて。それこそ、別の記憶を植え付けられているみたいに。……ん？　それって――。

「――兄上が、戸坂さんの記憶だけそのように植え付けたらしい」

私の耳元で二紫名が囁いた。そうか……一瑠さんが……。

一瑠さんの最後の仕事が、戸坂さんに「花純さんが一日家出をしていた」という記憶を植え付けることだったんだ。

――結局、一瑠さんは神社に戻ることはなかった。何度も「神社に行こう」と誘う私と二紫名に、最後まで首を縦に振ることはなかったのだ。

私たちに向かって言い放った最後の一言が、今も耳に残る。

「もう一度自分の力で里に戻れるよう精進します。もし、その時は……――」

その時は。その後の言葉は言わなくてもわかった。

二紫名を見て優しく微笑むその姿は、まさしく「兄」そのものだった。頑張ってほしい、と思う。それはきっと、途方に暮れるほどとてつもなく長い道のりなのかもしれないけれど。頑張って、もう一度里に戻ってほしいと思う。

そして、その時は神社に戻ってきてほしい。再び縁さまと二紫名と笑い合いながらも修行ができる日を、私は心待ちにしているんだ。

「——早く中へ入らんかい。一人で飯を食ってもつまらんわ」

戸坂さんは小さな声でそれだけ言うと、そっぽを向きながらそそくさと家の中に入ってしまった。冷たい言い方だけど、本当は嬉しいのだろう。戸坂さんの背中が喜んでいるように見える。

すぐには無理かもしれないけれど、戸坂さんも花純さんもお互いに歩み寄れるといいな。ううん。きっと大丈夫だと、私は信じている。

花純さんも戸坂さんの後に続くかと思ったが、くるりと振り返りこっちに向かって駆けてきた。

「ありがとう、八重子さん、二紫名さん！」

花純さんの顔に浮かんだ満面の笑みは、彼女を年相応の女の子に見せた。前向きな花純さんは、とてもきれいだ。

「よかったね、花純さん」

「私ね、これからはもっと父のことを知ってみようと思う。キリコのことも、知りたいし。私の考えていることも父に知ってほしい。ぶつかることもあるかもしれないけど……もしまた我慢ができなくなったら、今度は突然家出しないで素直に父に話してみるわ」

「うん、それがいいと思う」

「それとね……」

そこまで言うと、花純さんは私をぐいっと引っ張って、

「……あなたと二紫名さんって、すごくお似合いだと思うわ」

耳元でぼそっと呟かれた言葉に、私の顔が火照る。お、お似合いって……。

「ちょ、か、花純さん……!?」

「ふふっ、またね、八重子さん、二紫名さん！」

最後は悪戯っぽく笑って、手を振ると、

「お父さん、あのね。キリコのことなんだけど――」

花純さんはそんな言葉を言い残して、家の中へ消えていった。


太陽は緩やかに落ち、そこら中から「カナカナカナ」とひぐらしの鳴き声が聞こえてくる。今日という日が終わりに近づいていくのを感じる。

私と二紫名は、まだ熱の余韻が残る神社の石段をゆっくり上っていた。相変わらず二紫名は無言で私の三歩先を行く。

いつも考えていた。二紫名はそのままどんどん進んでいって、いつか見えなくなってしまうのではないか、と。その気持ちは今も変わらない。

きっと二紫名は、自分一人で考えて、答えを導きだしてしまうのだろう。長のことも、幽閉のことも、誰にも頼らずに。それがずっと寂しくて、でも私が人間だから仕方ないのかも

と思っていた。つまり私は、諦めていたんだ。

だけど、今は……――。

「ねぇ、二紫名」

薄紫の背中に呼びかける。彼はピタリと足を止め、振り返った。

今回の騒動は一段落したけれど、まだ肝心なことはなにも解決していない。一瑠さんや花純さんのこと以外にも、もっと私には気に掛けるべきことがあったじゃないか。

「……なんだ」

私を見て、彼は目を細めた。

二紫名の顔を見ると、それを聞くのが怖くなった。せっかく元に戻ったんだから、もっとこの普遍的な幸せを噛みしめる時間があってもいいんじゃないか。自ら壊さなくってもいいんじゃないか。いろんな思いが頭をよぎる。

だけど、今は逃げたくないんだ。二紫名から、彼を取り巻く全てから、真正面から向き合いたい。私は人間だけど、それに阿呆で小娘だけど、二紫名のことが大事だって気持ちは人一倍持っているから。

もう、逃げない。あなたに追いつきたい。隣を歩かせてほしい。

「あのね、二紫名……狐の里はどうするの？」

一瑠さんが長になる計画は失敗に終わった。だとすると、もちろん次の長が二紫名であることは変わりない。二紫名はこのままだと人間界には戻ってこれないどころか、幽閉されてしまうのだ。もう会えなくなってしまう。そんなのは、嫌だった。

「八重子」

二紫名は私がそう言うことをわかっていたみたいだ。きっとあの時私が廊下で聞き耳を立てていたことくらい、彼にはお見通しなのだろう。

二紫名はこっちに近寄ると、自然と私の手をそっと握った。ひやりとした感触が心地いい。

「俺は狐の里の長にならねばならないだろう。今まで逃げてきたが、いろんなものを犠牲にして逃げるのは、もう耐えられないのだ」

「で、でも……」

二紫名の目には、ほんの僅かな迷いすらなかった。今回のことがあったせいかもしれない。あの洞窟で小さくなっていた彼は、もういない。

でも、私は？　二紫名……私は置いて行かれてしまうの？

なんて、そんな子供っぽいこと言えるわけない。でも、じゃあどうすればいいんだろう。どうすれば。二紫名にこの気持ちをわかってもらえる？

「でも、でも、でも……」

「……できれば八重子は知らないままでいてほしかったが……知ってしまったものは仕方ないな。その時がきたら、必ず知らせるようにしよう」

――そういうことじゃなくって！

思わず叫びそうになってしまった。二紫名は、私がなにも知らされていなかったことに対して拗ねているようだ。

たしかに、たしかにそうだけども！　でもそれだけじゃないのに。

もう話は終わったと言わんばかりに再び前を向き石段を上りだした二紫名に、だんだんと腹が立ってきた。

第一、なんでいつも私ばっかり不安になったり心配したり慌てたりしなきゃいけないんだ。その度にあの狐は涼しい顔で……悔しい、悔しい、悔しい。

気づいたら、両手をぎゅうっと握りしめていた。こんな時にこんなこと言おうとしているなんて、どうかしている。どうかしているけど、もう言わずにはいられないんだ。噛みしめた唇を開放して、生暖かい空気を吸い込んだ。今度は私のターンだ。

「――け、結婚の約束はどうなるの？」

その背中に会心の一撃を与えた……はずだ。なぜなら、もう一度振り返った二紫名の顔が、おかしいくらいに驚いていたからだ。

「……八重子、そのことを、どこで……」

「ど、どこでだっていいでしょ？　妖は恩を返すって言ってたのに、このままじゃとんだ嘘つきじゃない。け、結婚もせずに里に帰ろうなんて。まさか二紫名が嘘つきだったなんて……私、ショックなんだけど？」

ああ、私ってば声が震えている。それになんだか瞳が潤んできてしまった。二紫名には悟られていませんように、と心の中で祈っていたら……。

「――くっ……くくっ……」

目の前の狐は急に笑い出した。それも、堪えきれず、といった具合に。

「は、はぁ？　今のところに笑う要素あったっけ？」

「くくっ……本当に……八重子、おまえという人間は……！」

笑ったまま近づいてきたと思ったら、おでこをツンと強く押され、そして。

「阿呆」

――出た、「阿呆」。二紫名がおかしくなってから、その言葉すらも再び言われることを待ち望んでいたというのに、いざ言われるとやっぱり腹が立つ。

「な、な、な、なんでそんなこと言うの!?　ちょっとひどくない!?　私は……二紫名が里に帰るって言うから……――」

「だから、そこが阿呆だというのだ。早とちりをするな」

――早とちり？

いまいち言っている意味がわからない。私の表情がおかしかったのか、二紫名は再び「くくっ」と笑い声を零した。

「里にはいつか帰らねばならないだろう。そして、里に帰るということは、すなわち長になるということだ」

「ほら、やっぱり――」

「いいから最後まで聞け。たしかに帰るが、俺はそう易々と幽閉される気はない」

「えっ……」

二紫名の瞳が自信に満ち満ちている。そうか二紫名は根本から覆そうと……。

「まだまだ課題は山積みで、それは簡単なことではないだろう。話をしようにも、誰が真剣に聞いてくれるかわからない。けれども、なんとかして里にはびこるしきたり自体をなくす必要がある。もしそれができたら——」

不意に、二紫名の言葉が消えた。先を知りたい私と、二紫名の視線が交わる。

……どうしよう。熱っぽい視線に胸が高鳴る。こんな時だけ真剣な表情で……やっぱり二紫名は狡い。

「……お前と一緒なら……長になってもいいかもな」

木々の揺れる音でかき消されてしまうほどの小さな声で、二紫名が囁いた。

「それって……——！」

二紫名は石段を足早に上っていく。もう彼は振り返らない。でも、それでいいんだと思う。

赤く染まった空に溶け込む、燃えるような背中を追いかけ、一段抜かしで駆け上る。

「待ってよ、二紫名！」

——いつか。絶対に、絶対に、あなたに追いついてみせる。

終

夜風が吹き、遠くの方でちりん、ちりんと音がした。

ああ、この音は、社務所の窓に吊るされた「風鈴」というものだな。と、神様は満天の星の下、賽銭箱の上に寝そべりながらぼんやり考える。

あの風鈴は、八重子が持ってきたものだった。「風が吹くといい音がして、暑さも和らぐんですよ」と言う八重子に「気温を感じないんだけどね」と応えたら、「風情がないです！」と怒られたものだった。

八重子はこうして、たまに人間界のものを神社に持ってくる。

ものの種類はさまざまで、なにに使うかよくわからないものばかりだが、それを一つ一つ、丁寧に説明してくれるのだ。そのおかげで、神様は最近の人間事情に大分強くなったと自負していた。

ここ最近は神様のことを視ることができる人間がいなかった。現・宮司の惟親も理由はわからないが力が衰え、随分と前に視えなくなってしまったし、その息子の昴も、昔こそ視えていたが、あることがきっかけで視えなくなってしまった。

神様は孤独だった。視ることのできる八重子の存在が、神様にも物怖じせずに話しかけてくれる八重子の存在が、そんな神様を明るく照らしてくれたのだった。

かつて、八重子のように神様と交流を持つ人間がいた。

思い出すのは、一人の女性だ。あの女性も、宮司の家系以外で神様を視ることができる、稀な人間だった。

大人しそうに見えて気が強く、したたかで。思い立ったらすぐ行動に移すところが八重子にそっくりだった。

今思えば、彼女もまた、白狐を巡る運命に翻弄された一人だったのだろう。

もし、あの時ここを通りかからなかったら。もし、残された子狐を発見していなかったら。もしかしたら彼女の運命は道を逸れ、その晩年は違ったものになっていたかもしれない。

神様はほんの少しの歯痒さにそっと目を伏せた。彼女に会えて嬉しかったものの、その別れはひどく残酷だったのだ。

気温を感じないはずなのになぜか凍えるような寒さを感じ、条件反射のようにその身をぶるりと震わせた。でもそれは、こんな素敵な夜に一人ぼっちだからかもしれないと、神様はそう思うことにした。

今日という日は近くの町で「能登キリコ祭り」なるお祭りをやっているのだ。そのせいで、いつもはぽつりぽつりと現れる参拝客も、この日は誰も訪れなかった。

静かな闇が神様を包む。

——カァ

その時のこと。

闇夜には場違いな鳴き声が、神様の耳に届いた。その姿も同じく漆黒で闇に紛れている。けれども神様は気配でその者の居所がすぐにわかるのだった。

「……クロウ、おかえり」

囁くようにそう告げると、鳴き声の主は闇夜から姿を現した。羽の大きな立派なカラスだ。カラスはみるみるうちに人間の姿になる。

「縁、今終わったぜ」

彼はただのカラスではなかった。烏天狗と呼ばれる存在だ。神様からの頼みごとが無事終わり、帰還したのだ。

「そう……八重子がやってくれたんだね」

神様は烏天狗の言葉を聞き、ホッと息を吐いた。

そんなつもりはなかったが、ずっと気を張っていたのだろう。全身の力が抜けていくのを感じた。

「ったく、妖使いが荒いぜ、縁ぃ。約束通り、明日の境内掃除はパスするからな」

烏天狗がぶつくさと文句を言っている。しかし、今回ばかりはその文句も容認しようと、神様は優しく笑った。

それもそのはず、今回の騒動は少しばかり特殊だったのだ。いつもは八重子と共にあちこち奔走してくれる白狐が、記憶を植え付けられてしまったのだから。そのせいで、白狐に八重子を守ることはできない。

神様は密かに、ほかの妖たちにできる範囲での手助けを頼んでいた。

狛犬の双子には、八重子が一人遠くへ行くようなら後を追いかけ妖に手出しされないように。烏天狗には、目を覚ました白狐を八重子の元へ連れていき、事の顛末を報告するように、と。

祭りの準備期間、消耗した神様にできることはそれぐらいしかなかった。それでも、神様が祈りを込めて持たせたお札が功を奏したのは、心からよかったと思っていた。

全ては終わったのだ。


「──それにしてもよぉ」

しばらくして、烏天狗が思いついたように零した。

「あいつ……あの、おぼっちゃん。人間界でずっと暮らしてきた割には鈍感すぎやしねぇか？」

「うん？　なんでそう思うの？」

「なんでって……。長になったらこっちには戻ってこれないことを八重子に言わないって言うからさ、そんなの八重子が悲しむだろーって俺、言ったんだ。そしたらあいつ、なんつったと思う？　『悲しむだろうか』だぜ！　一番近くにいる女の気持ちがわからねぇなんて、どうかしてるぞ。縁、ちゃんとそこらへんを教育した方が……──」

烏天狗はそこまで言うと、パタリと話すのをやめてしまった。神様が嬉しそうにクスクス笑っているのがわかったからだ。

烏天狗が不審そうに神様を睨む。

「……なんだよ」

「いや、別に？　クロウは優しいなぁと思って」

その言葉に烏天狗の頬が一気に赤くなった。

「は、はぁ!?　別にそんなんじゃねーよ！」

「クロウに友達ができてよかったと思うよ」

「だ、だから！　とも、友達とか！　俺は……俺は……孤高の野良妖なんだからなっ！　もう帰る！」

よほど恥ずかしかったのか、烏天狗は再びカラスの姿になり、バサバサと羽を動かし闇に消えてしまった。

静けさが戻った境内は、やはり物寂しい。

全ては終わった。……はずなのに、なぜか神様は胸の奥がひどくざわついていた。それは、たとえようのない不安だった。

──これでいいんだよね、君江……？

夜空を星が一つ流れる。それに合わせて、神様はそっと目を閉じるのだった。

あとがき

この度は「妖しいご縁がありまして－常夜の里と兄弟の絆－」を手に取ってくださり、誠にありがとうございます。

こうして三巻が出せることになるなんて、本当に幸せです。それも、応援してくださる皆さんのおかげだと思っております。このシリーズを好きになってくださり、ありがとうございます。

今回は二紫名の過去に迫るということで、苦しいシーンが多くありました。執筆していて手が止まることも正直ありました。それでも、ずっとずっと書きたかったことを書くことができ、よかったです。

黒幕の本当の想い、それを受けての二紫名が出した答え……。鈴ノ守神社に来て町の人々や妖の仲間と関わったことで、そしてなにより八重子との出会いのおかげで導き出された、前向きな答えになったんじゃないでしょうか。

このシリーズを通してのテーマは「ご縁」です。八重子が「おばあちゃんがくれた、この『素敵なご縁』、大切にして生きていくね」と思ったように、二紫名もまた「兄上がくれた、このご縁……大切にして生きていくと決めたのだ」と思っているのです。私自身も、生きていく中で出会ったものや人との縁を大切にしていきたいなと、八重子や二紫名たちと共に感じるようになりました。たくさんのご縁が巡って今の私があるのだなと。

さて、この「妖しいご縁がありまして」は能登を舞台にしています。今回は能登の夏の一大イベントである「キリコ祭り」を書かせていただきました。「キリコ祭り」は能登各地で行われる壮大な祭りです。ぜひ一度、その目で本物の迫力を見ていただきたいです。

さて、本作は前作同様、たくさんの方のご尽力のもと刊行するに至りました。

いつも優しく、時にズバッと鋭い切り口で指導してくださる編集の佐藤様。毎回相談に乗っていただきありがとうございます。

装画を担当してくださった紅木春様。今回は八重子が初の浴衣姿で、しかもなんだか一巻二巻より大人びた姿で描かれていて、見た瞬間に胸が高鳴りました。一瑠の姿も描いていただき感無量です。ありがとうございました。

また、家族含め、原稿から本にするまでに関わってくださった全ての方々に感謝します。

最後に、読んでくださった全ての方に心より感謝申し上げます。最後まで楽しんでいただけたら幸いです。

また皆さんにお目にかかれることを願っています。

二〇二三年三月十三日　汐月　詩

ことのは文庫

妖しいご縁がありまして
常夜の里と兄弟の絆

2023年4月27日　初版発行

著者　汐月 詩
発行人　子安喜美子
編集　佐藤　理
印刷所　株式会社広済堂ネクスト
発行　株式会社マイクロマガジン社
URL：https://micromagazine.co.jp/
〒104-0041
東京都中央区新富1-3-7 ヨドコウビル
TEL.03-3206-1641 FAX.03-3551-1208（販売部）
TEL.03-3551-9563 FAX.03-3551-9565（編集部）

本書は、小説投稿サイト「エブリスタ」（https://estar.jp/）に掲載されていた作品をシリーズ化し、新たに書き下ろしたものです。
定価はカバーに印刷されています。

ISBN978-4-86716-413-6　C0193
乱丁、落丁本はお取り替えいたします。